新潮文庫

クヌルプ

ヘッセ
高橋健二訳

新潮社版

1938

クヌルプ

——クヌルプの生涯《しょうがい》の三つの物語——

早春

一八九〇年代の初め、私たちの友人クヌルプは数週間病院に寝ていなければならないことがあった。そして退院はしたものの、二月半ばで、ひどい天候だったので、二、三日歩くと、もう熱がまた出て、泊るところを算段しなければならなくなった。友だちに事欠くことはけっしてなかった。この地方ならたいていどの小さい町に行っても、親切に迎えてくれるところが、容易に見つかっただろう。しかし、その点にかけて彼は妙に気位が高かった。非常に気位が高かったので、彼が友人から何か受け入れたとすれば、友人にとって名誉なことだと見なされうるほどだった。

こんど彼が思い出したのは、レヒシュテッテンの白皮なめし匠エーミル・ロートフースで、夕方、雨と西風の中を、もうしまっていたその家の戸をたたいた。皮なめし匠は上のへやで窓のよろい戸を少し開けて、暗い小路《こうじ》に向かってどなった。

「だれだね、外にいるのは？　夜があけるまで待てないかね？」

クヌルプは、旧友の声を聞くと、ひどく疲れていたが、すぐに元気が出た。そして、幾年も前エーミル・ロートフースと一カ月間いっしょに旅をしたときつくった歌の一ふしを思い出し、すぐ家のそばで上に向かって歌った。

茶店にすわれるは
疲れたる旅びと。
そは余人ならず
道楽むすこ。

皮なめし匠はよろい戸を手あらく押しあげて、窓からぐっと乗り出した。

「クヌルプ！　きみか、それとも幽霊かい？」

「ぼくだよ！」とクヌルプはどなった。「階段をおりてこられないかね。それとも窓からでなきゃいけないのかい？」

友だちはいそいそと急いでおりてきて、玄関の戸を開け、いぶる小さい石油ランプで、たずねてきた男の顔を照らしたので、クヌルプは目をぱちぱちさせずにはいられなかった。

「まあはいれよ！」と彼は興奮して叫び、友だちを家の中に引き入れた。「話はあとでもできる。晩めしがまだ何か残っている。寝床も作ってやる。驚いたね、こんなひどい天気なのに！　ほんとうに君は上等な長ぐつを持ってるね」

クヌルプは、相手がたずねたり驚いたりするのにまかせておき、折り返したズボンを階段で念入りにおろすと、薄くらがりの中を危なげない足どりであがっていった。四年この方この家には足を入れることがなかったのに。

上の廊下にあがると、居間の戸の前でちょっと立ちどまり、中に入れと言う皮なめし匠の手を取って引きとめた。

「ねえ、きみ」と彼はささやき声で言った。「ねえ、きみ、きみは結婚してるんだね？」

「うん、もちろん」

「そこなんだ。――そうじゃないか、きみの奥さんはぼくを知らない。ありがたく思わないかもしれないじゃないか。ぼくはきみたちのじゃまをしたくない」

「何がじゃまだい！」とロートフースは笑い、戸を大きく開けて、クヌルプを明るいへやの中に押しこんだ。そこには、大きな食卓の上に、三本のくさりで大きな石油ランプがつるされていた。軽いタバコの煙が空中にただよい、薄い筋をなして熱いほやの方に吸い寄せられ、そこでくるくるとうずを巻いて高くあがり、消えてしまった。食卓には、新聞とタバコをつめたブタの膀胱《ぼうこう》がのっていた。仕切り壁ぞいの小さい狭いソファーから、若い主婦が、まどろみを妨げられたが、それを気づかせまいとするかのように、面くらって半ばはしゃぎながら飛び起きた。クヌルプは鋭い光にまごついたように一瞬まばたきをして、主婦の淡灰色《たんかいしょく》の目をのぞきこみ、いんぎんにあいさつしながら手を差し出した。

「そう、これが家内」と親方は笑いながら言った。「これがぼくの友だちのクヌルプ君だ。前に話したことがあったね。もちろんうちのお客で、職人の寝床に泊るんだ。どうせあいているんだからね。だが、まず果実酒をいっしょに飲もう。クヌルプ君には何か食べ物をあげなくちゃ。レバーソーセージがまだあったね」

親方の細君はかけだしていった。クヌルプはそのあとを見送った。

「奥さん少しばかり驚いたね」と彼は小声で言った。だが、ロートフースはうなずこうとはしなかった。

「子どもはまだないんだね？」とクヌルプはたずねた。

　そこへ彼女はもうもどってきた。すずの皿にソーセージをのせて持ってき、パンのおぼんをそばに置いた。おぼんには、まん中に、切り口を注意深く下に向けた黒パンが半分のっており、ふちにまるく「きょうもわれらに日々のパンを与えたまえ」という文字が浮き彫りにきざまれていた。

「リース、今クヌルプ君が何をきいたかわかるかい？」

「やめてくれよ！」とクヌルプがさえぎった。そして彼はほほえみながら主婦の方を向いた。「つまり、私はひどく無遠慮でしてね、奥さん」

　だが、ロートフースはやめなかった。

「ぼくたちに子どもがあるかって、きいたんだよ」

「あらまあ！」と彼女は笑いながら叫んで、すぐまた逃げていった。

「ないんだね？」とクヌルプは、彼女がへやの外に出ると、たずねた。

「ない、まだひとりも。あれは急がないんだよ。初めの二、三年は実際そのほうがいいんだ。まあ、手を出して、食べてくれたまえ！」

　そこへ細君が、灰色と青色とのまざった磁器の果実酒のつぼを持ってき、グラスを三つそばに置いた。それに彼女はすぐなみなみとついだ。いかにも手ぎわがよかった。クヌルプは彼女の方を見て、ほほえんだ。

「健康を祈る！」と親方は大声で言い、クヌルプの方にグラスをさしのばした。クヌルプはしかし粋をきかして、「まずご婦人のために。ご健康を、親方の奥さま！プロージット、親方！」と叫んだ。

彼らはグラスを打ち合わせて飲んだ。ロートフースは喜びに顔をかがやかせ、細君に向かってまばたきをした。自分の友だちがどんなにすばらしいたしなみを身につけているか、細君も気づいているかと。

彼女はとっくにそれに気づいていた。

「ごらんなさいよ」と彼女は言った。「クヌルプさんはあなたより礼儀正しいわ。作法というものを心得ていらっしゃるわ」

「どういたしまして」と客は言った。「だれだって、おそわったとおりにやるもんです。たしなみなんてことになると、私はわけもなく面くらってしまいますよ、親方の奥さま。あなたのサーヴィスはなんてすてきでしょう、まるで一流のホテルのようですよ！」

「まったくそうだよ」と親方は笑った。「その道の修業もしたんだよ」

「そうですか、いったいどこで？　あなたのお父さまはそのほうのご主人をなさっているんですか」

「いいえ、父はもうずっと前に墓にはいりました。私はもうおぼえていないくらいです。でも、私は雄牛屋に二、三年つとめましたの。雄牛屋をごぞんじでして？」

「雄牛屋ですって？　ありゃ昔はレヒシュテッテンでいちばん上等な旅館でした」とクヌルプはほめた。

「今でもそうです。ね、エーミル？　お泊めしたのは、商用旅行の方と遊山《ゆさん》旅行の方ばかりでした」

「そうでしょう、親方の奥さま。あすこならきっと楽しかったうえ、たんまりお金を残したでしょう！　でも、やっぱり自分の所帯のほうがいいでしょうね？」

ゆっくりと楽しむように彼は柔らかいソーセージをパンにぬり、きれいにはがした皮を皿のふちにのせ、ときどき上等の黄色いリンゴ酒を飲んだ。親方は、クヌルプがしなやかな細い手で必要なことを念入りに遊びごとのようにやるのを、ここちよげに尊敬の念をもってながめた。主婦も満足げにそれを心にとめた。

「だが、きみは格別ぐあいよさそうじゃないね」とエーミル・ロートフースは、続いてとがめるように言いはじめた。そこでクヌルプは、最近ぐあいの悪かったこと、病院にいたことを白状しなければならなくなった。だが、せつないことはいっさい黙っていた。それに対し、これからいったいどうするつもりかと、友人はたずね、食事と寝床はいつまででも心から提供すると言った。それこそクヌルプが期待し、勘定に入れていたことではあったが、内気なでき心におそわれでもしたように、しりごみして、簡単にお礼を言い、そういうことの約束は翌日にのばした。

「そのことについては、あすかあさってだって話せるよ」と投げやりに言った。「あすの日がないわけじゃないし。どっちみちぼくはちょっとのあいだここにいるよ」

彼は長いさきのことを考えて計画をたてたり約束したりすることを好まなかった。明日という日を思いのままにすることができないと、彼は快く感じなかった。

「ほんとにしばらくここにおいてもらうとすりゃ」とクヌルプはまた話しはじめた。「きみの職人として届けてもらわなければならない」

「ばかな、そんなことが！」と親方は声をあげて笑った。「きみがぼくの職人だなんて！　それにきみは白皮なめし匠じゃないじゃないか」

「そんなこと、かまいやしない。わからないのかね？　皮なめしなんか、ぼくにはどうでもいい。りっぱな仕事だろうけれどね。ぼくは働く才能を持たないんだ。だが、きみの職人だということにすりゃ、ぼくの旅職人手帳には役にたつだろうじゃないか。それでも治療費は自分で引き受けるよ」

「ちょっときみの手帳を見せてくれないかい？」

クヌルプは新調同然の服の胸のポケットに手を入れて、防水布の袋にきちんと入れている物を取り出した。

皮なめし匠はそれをながめて笑った。「いつも完璧《かんぺき》だね！　きのうの朝おふくろのところから旅に出たばかりだと思われるようだ」

それから彼は、記入してあることやスタンプを調べ、心から感心して頭を振った。

「いや、こりゃきちんとしたもんだ！　きみの手にかかると、なんでも上品になってしまう」

旅職人の手帳をこんなふうにきちんとしておくことは、確かにクヌルプの好みの一つだった。手帳は完璧な点で優美な作りごと、あるいは創作であって、役所で証明された記入が示すのは、尊敬に値する勤勉な生活の誇らしい滞在地ばかりだった。そこで目につくのは、非常にたびたび土地を変えたという形であらわれている放浪癖だけだった。この公《おおやけ》の旅行免状の中で証明されている生活は、クヌルプが創作したもので、この見せかけの生活を、しばしば切れそうになった糸をたよりに、秘術をつくしてつないだのだった。と言って、実際にはもちろん、禁じられたことをしたわけではなかったが、無職の流浪者《るろうしゃ》として、法にかなわぬ、けいべつされる暮らしをしてきたのだった。もちろん、いなかの巡査がみんな好意を持ってくれなかったら、彼は美しい作りごとをこんなにやすやすと続けることはできなかっただろう。いなかの巡査たちは、この朗らかなおもしろい人間のすぐれた心ばえと、おりにふれてあらわれる真剣さを尊敬して、できるだけそっとしておいたのだった。彼には前科というものはほとんどなかった。盗みや物ごいをしたという証拠はなく、それにりっぱな友だちをいたるところに持っていた。それで、人はきれいなネコを所帯の一員として暮らさせてでもおくように、彼をまかり通らせた。ネコは、せっせとあくせくと暮らしている人間たちのあいだで、のんきに、心配のない優雅な、はなやかに紳士気どりの、無為徒食の生活を送っているのだが、だれもが大目に見のがしているのである。

「だが、ぼくが来なかったら、今ごろきみたちはもうとっくに床にはいっていただろう」とクヌルプは、手帳を返してもらいながら、大声で言った。彼は立ちあがって、主婦に会釈《えしゃく》をした。

「行こう、ロートフース、ぼくの寝床のあるところを教えてくれたまえ」

親方はあかりを持ってクヌルプを案内し、屋根裏に通じる狭い階段をあがり、職人べやにはいった。そこには、壁ぎわに夜具のない鉄の寝台が置いてあった。それと並んで木の寝台があり、夜具が敷いてあった。

「湯たんぽがいるかい？」と主人はいたわるように言った。

「あるに越したことはないさ」とクヌルプは笑った。「もちろん親方は、あんなきれいなかわいい細君を持っていりゃ、湯たんぽなんかいらないがね」

「うん、だからさ」とロートフースはひどく熱心に言った。「これからきみは屋根裏べやの冷たい職人の寝床にはいる。もっともっとひどいのに寝ることだって珍しくあるまい。それどころか、寝床がなくて、ほし草の中に寝なきゃならないことも珍しくないだろう。それにひきかえ、ぼくたちには家も仕事もかわいい女房もある。いいかい、きみだってもうとっくに親方になれ、ぼくなんかより羽振りがよくなっていただろう、きみがその気になりさえしたら」

クヌルプはそのあいだに大急ぎで服を脱ぎ、こごえながら冷たい夜具の中にはいりこんだ。

「まだ言うことがたくさんあるのかい?」と彼はたずねた。「らくらくと横になって、聞こう」

「ぼくは本気で言ったんだよ、クヌルプ」

「ぼくにとってもさ、ロートフース。だが、結婚がきみの発明だなんて考えちゃいけないよ。じゃ、おやすみ!」

翌日クヌルプは寝床に寝たままだった。まだいくらか力のぬけた感じだった。天気も、外に出られないくらいひどかった。午前中やって来た皮なめし匠に、彼は、そっと寝かせておいてほしい、ただお昼にスープを一皿持ってきてほしい、とたのんだ。

こうして彼は、薄暗い屋根裏べやに一日中しずかに満足して寝ており、寒さと旅の難渋が消えてゆくのを感じ、あたたかい安穏《あんのん》さの快感に喜んでひたった。おやみなく屋根をたたく雨の音と、おちつきなく、柔らかく、熱気を帯びて、気まぐれに断続的に吹く風に、彼は耳をすました。そのあいだに半時間、眠ったり、明るさが十分なあいだは、旅の文庫を読んだりした。それは、彼が詩やことわざを写した紙片と、新聞の切り抜きの小さい一束とでできていた。週刊紙で見つけて切り抜いておいた数枚の写真もその中にあった。そのうちの二つは彼のとりわけ好きなもので、たびたび引き出して見たため、もういたんですりきれていた。一枚は女優エレオノーラ・ドゥーゼの写真で、もう一枚は強風を受けて沖合いを走る帆船を示していた。北国と海に対してクヌルプは少年時代から強い愛着を寄せていたので、いくどもそちらに向かって旅にのぼり、一度はブラウンシュヴァイクまで行ったこともある。しかし、いつも途上にあって、どんな土地にも長くとどまらないこの渡り鳥は、妙な不安と懐郷心にかられて、そのつどせわしなく南ドイツへ引き返すのだった。だれも彼を知っている人がなく、彼の伝説めいた旅職人の手帳をかき乱されないようにするのが困難なので、方言や習俗の異なっている地方に行くと、気楽さが失われるせいだったかもしれない。

正午頃《ころ》皮なめし匠はスープとパンを持ってあがってきた。彼は足音をしのばせて歩き、びっくりしたもののささやきの調子で話した。クヌルプが病気なのだと思ったし、自分は子どもの頃した病気のときこの方白昼寝床に横になっていたことはついぞなかったからである。たいそう気分のよかったクヌルプは、ことさら病気の説明をしようとはせず、あすは元気になってまた起きられるだろう、とだけはっきり言った。

午後も遅くなってから、へやの戸をたたく音がした。クヌルプはうつらうつらしながら寝たまま、返事をしないでいた。すると、親方の細君が用心深くはいってきて、からになっていたスープの皿のかわりに、ミルク入りのコーヒー茶わんを寝台のそばの小さい台にのせた。

彼女が入ってくるのを、クヌルプは十分耳にしていたが、疲れからか、気まぐれからか、彼は目を閉じて横になったまま、目をさましていることは少しも気づかせなかった。細君はからっぽな皿を手に持って、眠っている男をちらりと見た。その頭は、青い格子《こうし》模様の下着のそでに半ばおおわれた腕の上にのっていた。黒い髪の細い美しさ、屈託のない顔のまるで子どものような美しさに目を引かれたので、彼女はしばらく立ちどまって、親方から不思議なことをいろいろと聞かされた話の主であるきれいな若者を見つめた。閉ざされた目の上に、柔らかく明るい額の濃いまゆを、やせてはいるがトビ色に日やけしたほおを、品のいい桃色の口を、しなやかな首を、彼女は見た。何もかもが彼女にはほんとに好ましかった。それで、雄牛屋で女給をしていたころ、ときどき春の気まぐれから、こんなよそのきれいな若者に愛されたときのことを思い出した。

夢みごこちで、かすかに興奮して、少し前にかがみ、顔全体を見ようとすると、すずのスプーンが皿からすべって、ゆかに落ちた。なにせ場所が静かで人目をしのぶ気詰りなところだったので、彼女はその音にひどくびっくりした。

そのときクヌルプが目を開いた。ぐっすり眠ってでもいたように、知らぬ顔で、ゆっくりと開いた。頭をこちらにまわし、一瞬片手を目の上にあてて、ほほえみながら言った。「おやおや、そこにいらっしゃるのは親方の奥さんじゃありませんか！　コーヒーを持ってきてくださったんですね！　上等なあたたかいコーヒーこそ、私がたった今夢みていたものですよ。どうもありがとう、ロートフースの奥さん！　いったい何時ですか」

「四時ですよ」と彼女は即座に言った。「さあ、あたたかいうちにお飲みになって。あとでお茶わんはまたとりに来ますから」

そう言うと、彼女は一分のひまもないように、かけだしていった。クヌルプはあとを見送り、彼女が急いで階段をおり消えてしまうのに耳をすました。彼は物思わしげな目をして、いくども頭を振り、それから小鳥のような口笛をそっと吹き、コーヒーの方に顔を向けた。

暗くなって一時間もたつと、さすがに退屈になった。気持ちよくすばらしくからだが休まった感じがしたので、また少し人なかに出てみたい気になった。のんびり立ちあがって、服を着、暗がりの中をテンのようにこっそり階段をおり、気づかれずに家の外にしのび出た。風は相変わらず重く湿っぽく南西から吹いていたが、もう雨は降っていなかった。空には大きな晴れ間が明るく広がっていた。

クヌルプは、夕べの小路《こうじ》やがらんとした広場を鼻をぴくぴくさせながらぶらぶら歩いてから、蹄鉄《ていてつ》かじ場の開けっ放しの戸口に立ち、徒弟があとかたづけをしているのをながめ、職人たちと話を始め、冷たい手を真っ赤にかがやく炉の残り火の上にかざした。そのあいだに、それとなくこの町の知人の数々のことをたずね、死亡や結婚についてきいた。そして蹄鉄かじ工から同僚だと思われるのにまかせた。彼はどんな職人仕事のことばでも記号でもお手のものだったからである。

そのころロートフースの細君は、晩のスープをこしらえはじめていた。小さいかまどにかけた鉄の輪をがちゃがちゃいわせたり、ジャガイモの皮をむいたりした。それがすんで、とろ火の上にスープがしっかりのると、彼女は台所のランプを持って居間に行き、鏡の前に腰をおろした。彼女はそこに自分の求めるものを、青みがかった灰色の目とふっくらしたみずみずしいほおの顔を見いだした。髪の乱れは、器用な指ですばやくなおした。それから、洗ったばかりの手をもう一度前かけでぬぐって、小さいランプを手にとり、足ばやに屋根裏べやへあがった。

彼女は職人べやの戸をそっとたたいた。かさねていくらか大きな音がするようにたたいた。返事がないので、彼女はあかりをゆかに置いて、両手で注意深く戸がきしらぬように開けた。つまさきで中にはいり、一歩ふみだして、寝台のそばのいすを手さぐりした。

「眠っていらっしゃるの？」と彼女は声をひそめてたずねた。「眠っていらっしゃるの？　容《い》れものをさげようと思っただけですの」

ひっそりしたままで、呼吸ひとつ聞こえなかったので、彼女は手を寝台の方にのばしたが、無気味な気持ちにとらえられて、また手を引っこめ、ランプの方に走り寄った。すると、へやがからっぽで、寝床は念入りにととのえられ、枕《まくら》と羽ぶとんも申しぶんなくふるってきちんとしてあったので、彼女は不安と失望のあいだを面くらいながら、台所へ走ってもどった。

半時間後、皮なめし匠が夜食にあがってきたとき、食事の用意はできていた。細君はもうどうしたものかといろいろ考えはじめていたが、屋根裏べやを訪れたことを親方に話す気になれなかった。そのとき、下で玄関があき、石だたみの廊下とくねった階段をあがってくる軽い足音が聞こえた。クヌルプだった。きれいな茶色のソフトを頭からとって、こんばんはと言った。

「やあ、きみはいったいどこからやって来たんだね?」と親方は驚いて叫んだ。「病気なのに、夜歩きまわるなんて! 死に神にとっつかれるぜ」

「まったくそのとおりだ」とクヌルプは言った。「こんばんは、ロートフースの奥さん。ちょうどいいところに来ましたね。あなたのおいしいスープのにおいはもう市場の方からかぎつけていましたよ。きっと死に神を追っぱらってくれるでしょう」

食事の席についた。主人は話し好きで、自分の所帯や親方の身分のことを自慢した。彼は客をからかったが、それからまたまじめになって、いつまでも無為に放浪を続けるのをいい加減にやめるように勧めた。クヌルプは耳を傾けていたが、返事らしい返事はしなかった。親方の細君も一言も口に出さなかった。行儀のよいきれいなクヌルプと並べると粗野に見える夫に、彼女は腹をたてていた。それで、行きとどいたもてなしによってお客に自分の好意を示したのだった。十時を打つと、クヌルプはおやすみを言い、親方のかみそりを借りたいとたのんだ。

「身だしなみがいいね」とロートフースはかみそりを渡しながらほめた。「あごがざらざらすると、すぐひげをそらずにゃおかないんだな。じゃ、おやすみ。せいぜいよくなるようにね！」

クヌルプは自分のへやに入る前に、屋根裏の階段の小窓にもたれて、空模様と近所の様子をちょっとのあいだうかがった。ほとんど風がなかった。屋根屋根のあいだにくぎられた黒い空があり、うるんだ微光を放つ明るい星が点々としていた。

頭を引っこめて窓を閉じようとしたとたんに、隣家の真向かいの小窓が突然明るくなった。彼のへやにそっくりな小さい低いへやが見えた。その戸口から若い女中が入ってきた。しんちゅう製の燭台《しょくだい》に立てたロウソクを手にし、左手に大きな水差しを持っていた。それをゆかにおろし、ロウソクで自分の狭い女中用ベッドを照らした。寝台はつつましいが小ざっぱりしており、あらい織りの赤い毛布がかかっていて、眠りを誘っていた。彼女はあかりを、どこか見えないところに置き、どこの女中も持っているような、緑色に塗った低い木製のトランクの上にこしかけた。

クヌルプは、思いがけぬ場面が向こうで演じられはじめると、すぐに自分のあかりを吹き消して、こちらを見られないようにし、じっと立ったまま、探るように小窓から乗り出した。

向こうの若い女中は彼の好きなタイプだった。たぶん十八歳か十九歳で、大柄《おおがら》というほうではなかった。トビ色がかったやさしい顔をしており、目もトビ色で、髪は黒く豊かだった。この静かな快い顔はちっとも陽気に見えなかった。堅い緑色のトランクにこしかけたところ、その人物全体が憂《うれ》わしげに悲しそうだった。それで、世間を知り、娘も知っているクヌルプには、この若い子はトランクを持って異郷に出てからまだ日が浅く、ホームシックにかかっているのだ、と十分察することができた。彼女はやせたトビ色の両手をひざにいこわせて、床にはいる前しばし自分の小さい持物にこしかけ、ふるさとの居間をしのんで、たまゆらの慰めを求めたのだった。

へやの中の娘と同様に身動きせず、クヌルプは小窓にじっとして、妙に心を張りつめ、あんなに無邪気にロウソクのあかりの中にかれんな憂いを守り、見ている人のことなど考えてもいない、ささやかな見知らぬ人の生活の中をのぞきこんだ。人のよいトビ色の目がはっきりとこちらに暗い視線を投げたり、また長いまつげにおおわれたり、トビ色の子どもらしいほおに赤い光がかすかに戯《たわむ》れたりするのが見えた。彼はやせた若い手の方を見た。紺の木綿の服の上にじっとのせられた手は、疲れて、着替えるというささやかな最後の仕事もなおしばしのばしているのだった。

とうとう少女は溜息《ためいき》をしながら、束ねてピンでとめた重いおさげの頭を起こし、あふれる思いをいだきながら、やはり前と変わらず憂わしげに虚空《こくう》を見つめ、それから低くかがんで、くつのひもをときはじめた。

クヌルプは今となっては立ち去りがたかったが、哀れな娘が服を脱ぐのを見るのは、不当なこと、ほとんど残酷なことに思われた。彼女に呼びかけ、少しおしゃべりし、冗談のひとことも言って、少し陽気にして床にはいらせてやりたいところだった。だが、向こうに呼びかけたら、彼女が驚いて、すぐあかりを吹き消してしまうことを、彼は恐れた。

そのかわり、彼は彼の心得ているたくさんの芸の一つをやりはじめた。遠方からのように、このうえもなく細くやさしく口笛を吹きだした。「涼しい谷間で水車がまわる」という歌を吹いた。非常に細くやさしく吹くことができたので、娘は、それが何だかよくわからずに、かなりのあいだ耳をすましていた。三句めにやっと、ゆっくりからだを起こし、立ちあがってきき耳をたてながら、自分のへやの窓に歩み寄った。

彼女は頭を外にのばし、クヌルプが静かに吹きつづけるのに耳を傾けた。数拍子のあいだメロディーに合わせて頭を揺すっていたが、突然顔をあげて、音楽がどこから来るかを知った。

「そちらにだれかいらっしゃるの？」と彼女は小声でたずねた。

「たかが皮なめし職人ですよ」同様にかすかな返事だった。「お休みのおじゃまをするつもりはありませんよ。ちょっとばかりくにが恋しくなったので、口笛で歌を吹いてみたまでです。でも、陽気なのだって吹けますよ。……あなたもよそから来たんでしょ、娘さん？」

「シュヴァルツヴァルトのものですの」

「ええ、シュヴァルツヴァルトですって！　私もそうですよ。それじゃ同郷人ですね。レヒシュテッテンはお気に召しましたか。私にゃまったく気に入りませんね」

「あら、私にはなんとも言えませんわ。ここに来て、やっと一週間ですもの。でも、私にもほんとに気に入っちゃいませんわ。あなたはもう私より長くいらっしゃるの？」

「いや、三日です。だが、同じくにのものは互いにうちとけた呼び方をするもんですよ、そうでしょ？」

「いいえ、私にはできないわ。私たちお互いにぜんぜん知らない同士なんですもの」

「そうでなくったって、そうなれますよ。山と谷なら近よりあえないけれど、人間同士ならね。あなたの土地はいったいどこ？」

「あなたなんかごぞんじないわ」

「そんなことわかりませんよ。それとも秘密ですか」

「アハトハウゼンですの。ほんの村ですわ」

「でも、いいところじゃありませんか。手前のかどに礼拝堂がある。水車場もある。それとも材木ひき場だったかな。あすこには大きな黄色いセントバーナード犬もいますよ。あたりましたか、それともあたりませんか」

「ベロのことね、まあ驚いた！」

彼が彼女のふるさとを知っていること、ほんとにそこに行ったことがあるのを知ったので、彼女の不審と気詰りは大部分ぬぐい去られた。彼女はすっかり乗り気になった。

「あのアンドレス・フリックもごぞんじ？」と彼女はせきこんでたずねた。

「いや、あすこの人はだれも知りません。だが、あなたのお父さんなんでしょ？」

「ええ」

「そうか、そうか。それじゃあなたはフリックの娘さんですね。ついでに名まえも教えてもらったら、いつかまたアハトハウゼンを通ったとき、あなたにはがきを書いてあげることができるんだがな」

「あなたはもうよそに行ってしまうの？」

「いや、そんな気はありません。だが、あなたの名を知りたいんです、フリックの娘さん」

「あら、何をおっしゃるの。私だってあなたの名を知らないわ」

「それはすみません。わけのないことですよ。私はカール・エーバーハルトと申します。昼間また出会うことがあったら、これで、あなたは私になんと呼びかけたらいいかおわかりです。さて私はあなたをなんと呼ばねばなりませんか」

「バルバラ」

「それで結構。どうもありがとう。でも、発音しにくいですな、あなたの名は。賭《かけ》をしてもいいんですが、あなたのくにではベルベレって呼ばれていたでしょ」

「そうも呼ばれたわ。でも、そんなに何もかももう知っていらっしゃるんなら、なぜそんなにいろいろおききになるの？　でも、そろそろお休みにしなくちゃ。おやすみなさい、皮なめし屋さん」

「おやすみ、ベルベレお嬢さん。よく眠りなさい。せっかくあなたがそこにいるんだから、もう一つ吹きましょう。逃げなくてもいいですよ。お金はとらないから」

彼はさっそく始め、複音や顫音《せんおん》を伴う、技巧に富んだヨーデルン調の曲を吹いた。まるでダンス音楽のようにきらびやかだった。娘は驚いてこの妙技に耳を傾けた。それがやむと、彼女はそっと窓のよろい戸をおろし、動かないようにした。クヌルプもあかりをつけず自分のへやに入った。

翌朝クヌルプは、こんどはほどよいときに起き、親方のかみそりを使った。親方はもう数年来、顔いっぱいにひげをはやしていた。それでかみそりはひどく投げやりになっていた。クヌルプは半時間もズボンのつり皮でかみそりをとがねばならなかった。それではじめてひげそりはうまくいった。それが終わると、彼は上着を着、長ぐつを手に取って、台所におりていった。そこはあたたかく、もうコーヒーのにおいがしていた。

彼は親方の細君に、長ぐつをみがくためブラッシュとくつ墨を貸してほしい、と言った。

「まあ何をおっしゃるの！」と彼女は叫んだ。「そんなこと、男の方のなさることじゃないわ。私にさせてくださいな」

しかし彼はそうさせなかった。彼女がしまいにぎごちなく笑いながらくつみがきの道具を彼の前に置くと、彼はその仕事を徹底的にきちんと、それでいて遊び半分のようにやった。ときたま気まぐれに手仕事をするのだが、念入りに喜んでする人の趣があった。

「すてきね」と細君はほめ、彼の顔を見た。「いい人のところにいらっしゃりでもするように、上から下までぴかぴかね」

「ほんとにそうならうれしいんですがね」

「そうだと思うわ。きっと美しい人がひとりおありになるんだわ」彼女はまた押しつけがましく笑った。「それどころか、たぶんひとりどころじゃないのね」

「いや、そりゃ感心しませんね」とクヌルプは陽気に文句をつけた。「きれいな人の写真をお目にかけましょうか」

彼が防水布の紙挟《かみばさ》みを胸のポケットから取り出して、ドゥーゼの写真をさがしだしているあいだに、彼女は見たくてたまらぬように歩み寄った。彼女は心をひかれてそれをしげしげと見た。

「とても上品な方ね」と彼女は慎重にほめはじめた。「ほんとの淑女というところね。ただもちろん、やせているようね。それでもお丈夫なの？」

「私の知っているかぎりでは、丈夫です。ところでそろそろ親方の様子を見ましょうよ。へやで声がしましたよ」

彼は出むいて行って、皮なめし匠にあいさつした。居間は掃除されていて、明るい壁板や、壁にかかっている時計や鏡や写真で、親しみ深く、住みごこちがよさそうだった。こんなにさっぱりしたへやは冬は悪くない、だが、だからと言って結婚するのはひきあわない、とクヌルプは考えた。親方の細君が示した好感を、彼はうれしく思わなかった。

ミルクコーヒーを飲んでから、彼はロートフース親方について中庭と小屋の方へ行き、皮なめし場をすっかり見せてもらった。彼はどんな手仕事でもたいてい知っており、ひどく専門的な質問をしたので、友だちはすっかり驚いた。

「どうしてそんなに何もかも知っているのさ？」と彼は勢いこんできゝかえした。

「きみはほんとに皮なめし職人に違いない、少なくとも前はそうだったに違いない、と思われるだろうよ」

「旅をすると、いろんなことを覚えるよ」とクヌルプは紋切り型のことを言った。

「それはそうと、白皮なめしについては、ほかならぬきみがぼくの師匠だよ。覚えていないかい？　六、七年前いっしょに旅をしたとき、きみはその話を残らずぼくにせずにいられなかったじゃないか」

「それを残らずまだ覚えているのかい？」

「いくらかはね、ロートフース。だが、もうきみのじゃまはしないよ。少し手伝いたいところだが、残念だよ。でも、下は湿っぽくて、むっとする。ひどくせきが出ちゃうよ。じゃ、さようなら、ぼくは、雨の降らないうちに、ちょっと町へ行くよ」

　彼が茶色のソフトをあみだにかぶり、家を出て、ゆっくりゲルバー小路《こうじ》を町の中へぶらぶら歩いてゆくと、ロートフースは戸の中にはいって、クヌルプがさっぱりとはけをかけた姿で、雨の水たまりを細心によけながら、軽快に楽しげにやって行くのを見送った。

「ほんとにしあわせなやつだ」と親方はちょっとねたましさを感じながら考えた。皮なめし場へ向かって歩きながら、彼は、人生から傍観することしか望まない変わりものの友だちのことをしみじみ考えた。それを欲が深いと言うべきか、つつましいと言うべきか、彼にはわからなかった。働いてのしてゆく男は、何かにつけて羽振りはよかったけれど、あれほど柔らかいきれいな手を持ち、あれほど軽快にしなやかに歩くことはできなかった。いや、クヌルプのすることはまちがっていなかった。彼の人となりの欲するままに、多くの人がまねのできないようにやっているとすれば、子どものようにだれにでも話しかけ、好かれ、どんな娘や女房たちにも美しいことを話し、毎日を日曜のように考えているとすれば。彼のあるがままにさせておかねばならなかった。ぐあいが悪くなって、避難所を必要とするようになったら、彼を受け入れてやるのは、楽しみであり、名誉であった。それをありがたいと思わねばならぬくらいだった。彼は家の中を陽気に明るくしてくれるのだから。

そのあいだに彼の客は、もの珍しそうに満足して小さい町を歩き、歯のあいだから兵隊のマーチを吹きながら、急がずに、以前から知っている土地の人を訪れはじめた。まず、急なのぼりになっている町はずれへ向かった。そこの貧しいつくろい仕立屋に知りあいがいた。あの男が古ズボンをつくろうばかりで、ついぞ新しい服を作る仕事にありつかないのは、残念だった。腕はあり、希望を持ってりっぱな工場で働いたこともあるのだから。――だが、彼は早く結婚して、もう子どもが数人もあり、女房は所帯をきりもりする才を持っていなかった。

クヌルプはこの仕立屋シュロッターベックをさがし、町はずれの裏側の家の四階に見つけた。小さな仕事場は小鳥の巣のように底なしの深みを下に、虚空にぶらさがっていた。その家は崖《がけ》のきわに立っていたからである。窓から垂直に見おろすと、四階の建物が下にあるだけでなく、家の下では、貧弱な急傾斜した庭と草のはえた斜面との丘が目まいするほど低くのめっていた。その果ては、裏側の家の張り出しや、養鶏場や、ヤギとウサギの小屋が灰色にごちゃごちゃになっていた。下に見えるいちばん近い屋根も、この荒れほうだいの地帯の向こうに、もう深く小さく谷間に見えた。そのかわり、仕立屋の仕事場は明るくて風通しがよかった。窓ぎわの広い台の上に勤勉なシュロッターベックはうずくまって、燈台《とうだい》の上の番人のように、明るく高く浮き世を見おろしていた。

「こんにちは、シュロッターベック」とクヌルプは入りながら言った。親方は光をまぶしがって、目を細くしてドアの方を見た。

「おやおや、クヌルプかい！」と彼はぱっと顔をかがやかせて、手を差しのばした。

「またこちらに来たのかい？　わしのところまであがってくるとは、何に不自由しているのかね?」

クヌルプは三脚いすを引き寄せて、腰をおろした。

「針を一本と糸を少しおくれ。だが、茶色で極細《ごくぼそ》でなくちゃ。服装を点検するのさ」

そう言って、上着とチョッキを脱ぎ、より糸をえり抜き、針に通し、目を光らせて服をすみずみまで調べた。服はなかなか上等で、ほとんどまだ新しく見えた。すりきれた個所、ゆるんだふち飾り、とれかかったボタンなどを、彼はすぐまめな指でつくろった。

「ところで、ぐあいはどうかね?」とシュロッターベックはたずねた。「あいにくな季節だ。だが、とどのつまり、達者で、家族がなけりゃ――」

クヌルプはさからうようにせきをした。

「いかにもね」と彼は投げやりに言った。「神さまは正直者にも不正直者にも雨を降らせなさるが、仕立屋だけにはおしめりがないのかい? 相変わらず愚痴かい、シュロッターベック?」

「ああ、クヌルプ、わしは何も言いたくない。隣で子どもたちがわめいているのが聞こえるだろう。もう五人になる。ここにすわって、夜中まであくせく働いたって追っつきゃしない。ところが、おまえさんはぶらぶら歩くだけで何もしやしない！」

「見当ちがいだ。ぼくは四、五週間ノイシュタットの病院に寝ていたんだ。あすこじゃ、ぎりぎり必要なあいだしかおいてくれない。もっともだれもそれ以上長くいはしない。主の道は不可思議だよ、なあシュロッターベック」

「ああ、そんな文句はやめてくれよ！」

「きみはもう信心深くなくなったのかい？　ぼくは信心深くなりたいと思ったからこそ、きみのところにやって来たんだ。その点はどうかね、年中すわってばかりいるじいさん？」

「信心のことはかまわないでくれ！　病院にいたんだって？　そりゃ気の毒だね」

「心配にはおよばん。もう済んだ。ところで、きょうは一つ聞かせてくれないか。シラクの伝道書と啓示とはどういうものなのかね？　病院じゃ時間があってね。聖書もあった。それでたいがいすっかり読んじゃった。今じゃ、前よりよく話し相手になれるよ。奇妙な本だね、聖書は」

「そのとおりだ。奇妙だ。半分はうそに違いない。さっぱりつじつまが合わないんだからね。おまえさんはたぶんわしよりよくわかるだろう。ラテン語学校に通ったんだから」

「そんなものいくらも残っちゃいない」

「それみろ、クヌルプ――」仕立屋は開いた窓から深い下に向かってつばをし、大きな目をし、おこった顔をして、のぞきこむようにした。「それみろ、クヌルプ、信心なんてつまらんもんだ。まったくつまらんもんだ。そんなものはまっぴらごめんだ。そうだとも、まっぴらごめんだ」

旅びとはじっと考えこんで相手の顔を見た。

「そうかね。だが、そりゃ言いすぎだよ。聖書にはまったく気のきいたことも書いてあると思うね」

「そりゃそうだ。だが、少しさきをめくってゆくと、きっとどこかに反対のことが書いてある。いや、わしはそんなことはもうかたづけた。すっかりかたづけた」

クヌルプは立ちあがって、アイロンをつかんだ。

「炭を二つ三つ入れてくれないかな」と彼は親方にたのんだ。

「いったいどうするのさ?」

「チョッキに少しアイロンをかけるのさ。帽子にもかけたほうがよさそうだな、さんざん雨にあったあとだから」

「いつもお上品なことだ!」とシュロッターベックはいくらか腹をたててどなった。「なんだって伯爵《はくしゃく》みたいにそんなにお上品にする必要があるんだい? ただのすかんぴんのくせに」

クヌルプは静かに微笑した。「そのほうが体裁がいいし、楽しくもあるんだ。きみが信心からそうする気になれなかったら、ご愛嬌《あいきょう》からするだけでいいよ。古い友だちのためにね」

仕立屋はドアから出てゆき、まもなく熱いアイロンを持ってきた。

「これでいい」とクヌルプはほめた。「どうもありがとう!」

彼は注意深くソフトのふちにアイロンをかけはじめた。しかし、彼はこっちのほうは縫うことほどうまくなかったので、友だちがアイロンを彼の手から取って、自分でやってくれた。

「こいつはすてきだ」とクヌルプは感謝して言った。「これでまた晴れ着の帽子のようになった。だが、ね、仕立屋さん、きみは聖書に注文をつけすぎるよ。何が真実であるか、いったい人生ってものはどういうふうにできているか。そういうことはめいめい自分で考え出すほかはないんだ。本から学ぶことはできない。これがぼくの意見だ。聖書は古い。昔の人は、今日の人がよく知っていることをいろいろとまだ知らなかったのだ。だが、だからこそ聖書には美しいこと、りっぱなことがたくさん書いてある。ほんとのことだってじつにたくさんある。ところどころはまるで美しい絵本のように思えたよ。ルツという娘が畑を行き、落ち穂を集めるところなんか、すてきだよ。すばらしい夏が感じられる。あるいはまた、救世主が小さい子どもたちといっしょになってこしかけ、おまえたちはあの思いあがった大人たちみんなを集めたより、ずっと私にとって好ましいのだ、と考える個所だ。救世主の言うとおりだ、とぼくは思う。たしかに教えられるところがあるよ」

「うん、そりゃそうかもしれん」とシュロッターベックは認めはしたが、相手の言うとおりだと言おうとはしなかった。「だが、他人の子どもを相手にする場合は、自分に子どもが五人もあって、どうしたら食わせてゆけるかわからない場合より簡単だよ」

彼はまたすっかりふきげんになり、苦い顔をした。クヌルプは見ていられなかった。出てゆく前に、せめて何かいいことを言ってやりたいと思い、ちょっと考えた。それから仕立屋の方にかがみ、明るい目で相手の顔を間近に真剣にのぞきこんで、小声で言った。「ね、きみはかわいいと思わないかい、自分の子どもを？」

ひどく驚いて仕立屋は目をむいた。「もちろんさ、おまえさん何を考えてるんだ！　むろんのこと、子どもはかわいいさ、とりわけ長男は」

クヌルプは大まじめにうなずいた。

「ぼくはもう行くよ、シュロッターベック、どうもありがとう。チョッキはこれで二倍の値打ちになった。――それから、子どもたちにはやさしく陽気にしてやらなくちゃいけないよ。それでもう半ば飲み食いしたことになる。いいかい、だれも知らないことで、きみもひとに話してはならないことを話しておくよ」

親方は緊張したが、ひどく真剣になった相手の澄んだ目をのぞきこんで、気圧《けお》された。クヌルプがこんどはひどく小声で言ったので、仕立屋は聞きわけるのに骨が折れた。

「ぼくを見てごらん！　きみはぼくをうらやんで、こいつは家族も苦労もなくて、楽だ、と考える。だが、そんなもんじゃない。じつはぼくにも子どもがあるんだよ。二つになる男の子だ。世間じゃだれが父親だか知らないし、母親はお産で死んでしまったので、他人に引き取られた。どこの町にいるか、きみは知るにおよばない。ぼくは知っている。ぼくはそこへ行くと、その家のまわりをこっそり歩いて、かきねのそばにたたずんで待っている。運がよくて、小さいやつに会えることがあっても、手を握ってやることも、キスしてやることもできないんだ。せいぜい行きずりに何か口笛を吹いてやるだけだ。——そういうわけさ。じゃ、さようなら。子どものあることを喜びたまえ！」

クヌルプは町の中を歩きつづけた。ろくろ細工師の仕事場の窓ぎわにたたずんで、しばしおしゃべりし、巻毛のようになった木片がくるくるまわるのをながめた。それから途中で、彼に好意を寄せてくれたおまわりにもあいさつし、シラカバのタバコ入れからかぎタバコをかがせてもらった。いたるところで、家庭や商売の生活にちなむ大小さまざまのことを聞きこんだ。町の会計係が若死にしたこと、町長のむすこがぐれたことなどを聞いた。そのかわり、彼はほかの土地の新しいことを話してやり、自分がここかしこで知人として友人として消息通として、堅気な定住者の生活と弱い気まぐれなひもで結ばれているにすぎないのを喜んだ。土曜日だったので、彼はある醸造場のかど口でおけ屋の職人に、今晩とあすどこでダンスの催しがあるかをたずねた。

いくつもあるが、いちばんいいのは、半時間しか離れていない所にあるゲルテルフィンゲンのライオン軒のダンス会だった。そこへ彼は隣の家の若いベルベレを連れてゆくことにきめた。

まもなくお昼だった。クヌルプはロートフースの家の階段をあがると、台所の方から伝わってくる快く強いにおいに迎えられた。彼は立ちどまって、少年のような楽しさと好奇心にかられ、鼻の穴をぴくぴくさせ、ごちそうのにおいを吸いこんだ。ずいぶんそっとはいってきたのに、彼の足音はもう聞きとられていた。親方の細君が台所の戸を開け、明るい入り口に、料理の湯気にもうもうと包まれて、親しげに立っていた。

「お帰りなさい、クヌルプさん」と彼女は愛想《あいそ》よく言った。「こんなに早めに帰ってていらしって、よかったわ。だって、きょうはレバーの団子揚げが出るんですもの。

それで、あなたには特別にレバーをひと切れ揚げてあげようかしらんと思ったの。もしあなたがひどくお好きだったら。いかが」

クヌルプはひげをなでて、うやうやしく会釈《えしゃく》した。

「はい、どうして特別なことをしていただくわけがございましょう。スープが出れば、ぼくは楽しいんです」

「あら、何をおっしゃるの。病気のあとは、ちゃんと栄養をとらなくちゃだめよ。でなきゃ、どうして力がついて？　でも、ひょっとしたら、レバーはおきらい？そういう方もいるわ」

彼はつつましく笑った。

「いや、ぼくはそうじゃありません。レバーの団子揚げの一皿ときちゃ、特別のごちそうですよ。一生のあいだ日曜ごとにそれが食べられたら、満足することでしょう」

「うちじゃご不自由はさせませんわ。何のために料理を習ったんでしょう！　さあどうぞおっしゃって。レバーがひと切れ残ってますの。あなたのためにとっておいたの。おからだにいいわ」

彼女はそばに寄ってきて、元気づけるように、彼の顔にほほえみかけた。彼女の気持ちは彼によくわかった。この細君はかなり美しくもあったが、彼は何も見えないふりをした。貧しい仕立屋がアイロンをかけてくれたきれいなソフトをもてあそびながら、わきを見ていた。

「ありがとう、奥さん、ご好意に感謝します。団子揚げはほんとに好きなんです。ぼくはもうお宅でたんまり甘やかされてますね」

彼女は微笑して、人さし指でおどした。

「そんなに遠慮なさることないわ。私、そんなの信じないわ。じゃ、団子揚げね！たっぷり玉ネギを入れてね？」

「こうなっちゃ、いやとは申せません」

彼女は気をもみながらかまどの方にかけもどった。彼は、もう食卓の用意のできているへやに腰をおろした。きのうの週刊新聞を読んでいると、ようやく親方が入ってきて、スープが運ばれた。食事をした。食後三人で十五分間トランプをした。そのときクヌルプは、いくつかの新しい大胆なしかも粋《いき》なトランプの曲芸をやって細君を驚かせた。戯《たわむ》れにむぞうさにトランプをまぜ、電光石火の早さで並べることも心得ていた。彼は自分の札を優美にテーブルの上に投げ、ときどき親指をトランプのふちに走らせた。親方は感嘆と寛容とをもって、働く市民はかせぎにならないわざをどんなに喜ぶものかと、わきからながめた。だが、細君は、世慣れた人らしい生活術のこのお手並みを、心得た人の関心をもって見まもっていた。彼女のまなざしは、はげしい仕事でもそこなわれていない長い柔らかいクヌルプの指先に注意深く注がれていた。

小さい窓ガラスを通して、薄いおぼつかない日光がへやに流れこみ、食卓とトランプを越して、ゆかの上で弱い影をむら気に力なくもてあそび、旋回しながら青く塗られた天井にのぼってふるえた。クヌルプはそれらのすべてをまばたきしながら見つめた。二月の太陽の戯れや、この家の静かな平和や、友だちのまじめで勤勉な職人らしい顔や、きれいな細君のヴェールをかぶったまなざしなど。——それは彼の気に入らなかった。そういうものは彼にとって目標でも幸福でもなかった。自分が達者だったら、と彼は考えた。夏の季節だったら、これ以上一刻もここにとどまっていないだろう。

「少しお日さまのあとを追って歩いてこよう」と彼は、ロートフースがトランプをかき集め、時計を見あげたとき、言った。親方といっしょに階段をおり、乾燥小屋の毛皮のそばに親方をおいて、殺風景な草の庭の中に姿を消した。庭は、樹皮液のつぼの列によって中断されていたが、小川まで達していた。そこに親方は、皮を浸すことができるように、小さい板の橋をかけていた。そこにクヌルプはこしかけて、足の裏を音もなく早く流れる水の上すれすれにぶらさげ、足の下をすいすい走るすばしこい黒い魚のあとをおもしろそうに目で追った。それから、そのあたりを好奇の目で研究しはじめた。向かいの小さい女中と話す機会をうかがっていたからだ。

二つの庭は、手入れの悪い格子《こうし》がきに隔てられ、隣接していた。水ぎわのあたりでは、かきねのくいがとっくに腐って、なくなっていたので、一方の地所から他方へ楽にやって行けた。隣家の庭は、白皮なめし匠の荒れた草地よりずっと念入りに手入れされているようだった。向こうには、冬のあとらしく草におおわれ、くずれているが、花床が四列ならんでいるのが見えた。チシャと冬を越したホウレンソウが二つの花壇にまばらにはえており、バラの小さい木が地面に傾き、頭を土に突っこんでいた。さきの方に、家をおおい隠すように、きれいなモミの木が数本立っていた。

よその庭を観察してから、そこまでクヌルプはそっと進んでゆくと、木の間をすかして、家と、そのうしろに台所が見えた。いくらも待たないうちに、台所で例の娘がそでをまくりあげて働いているのが見えた。主婦がそばにいて、しきりに言いつけたり教えたりしていた。仕事をおぼえた女中を給金を払って雇っておこうとはせず、毎年かわる見習い女中が家を出たあとではさんざんほめそやす細君たちのやり口だった。しかし、その指図や苦情は悪意のない調子で行われていた。娘ももうそれに慣れているようだった。まごまごせずに、なごやかな顔色で仕事をしているのを見れば。

侵入者は幹によりかかって首をのばし、猟師のようにきょろきょろと気をくばっていた。時間なんか惜しまず、傍観者として傍聴者として人生にかかわりを持つ男らしく、辛抱強く待つことを楽しみながら、様子をうかがっていた。窓から娘の姿が見えるごとに、それをながめて楽しんだ。主婦のなまりから、レヒシュテッテン生まれの人ではなく、数時間谷間をさかのぼった土地の人だと、推察した。彼は静かに耳をすまし、においのするモミの枝を半時間、まる一時間と噛《か》んでいた。とうとう主婦が姿を消し、台所の中が静かになった。

彼はなおしばらく待っていた。それから用心深く歩み出て、枯れた枝で台所の窓をたたいた。女中はそれに気づかなかった。彼はさらに二度たたかねばならなかった。すると、彼女は半ば開いた窓のそばにやって来て、それをすっかり開けて、外をのぞいた。

「あら、そこで何をしていらっしゃるの？」と彼女は声をひそめて叫んだ。「びっくりするところだったわ」

「ぼくにびっくりすることはありませんよ！」とクヌルプは言い、ほほえんだ。「こんにちはと言って、どんな様子か見たかっただけです。きょうは土曜ですからね、あなたはあしたの午後ちょっと散歩をするおひまがあるかしらん、とききたかったんです」

彼女は彼をしげしげと見て、頭を振った。彼がやるせなく悲しい顔をしたので、彼女はすっかり気の毒になった。

「いいえ」と彼女はうちとけて言った。「あすはひまがないの。午前中に教会に行くだけ」

「そうですか」とクヌルプはつぶやいた。「それなら今晩はきっといっしょに出られるでしょう」

「今晩？　ええ、ひまはあるわ。でも手紙を書くつもりなの、くにの身内に」

「ああ、それなら一時間あとで書けばいい。今夜はどうせ手紙は送られやしない。ねえ、ぼくはあなたと少し話のできるのを楽しみにしていたんですよ。今晩ひどく雹《ひょう》が降らなければ、とてもすてきな散歩ができますよ。ねえ、やさしくしてくださいよ。ぼくをこわがることはありませんよ！」

「あなたをこわがりなんかしないわ。でも、だめだわ。男の人と散歩してるところなんか見られたら――」

「だってベルベレ、この町じゃだれもあなたのことを知りゃしない。ほんとにちっとも悪いことじゃなし、だれにも関係のないことですよ。もう学校の生徒でもあるまいしね。じゃ、忘れないでね。八時に下手《しもて》の体育館のそばにいますからね、家畜市場の柵《さく》のあるところですよ。それとももっと早く行きましょうか。ぼくはどうにでもなりますよ」

「いいえ、いいえ、もっと早くなんてだめ。やっぱりだめ――いらっしゃるなんて、いけないわ。だめよ、私、行けないわ――」

また彼は少年のように悲しい顔を見せた。

「ほんとにどうしてもいやなら！」と彼は悲しげに言った。「あなたはここに知りあいもなくひとりで、ときどきホームシックにかかっているんだ、とぼくは思ったんです。ぼくもそうなんです。そこでぼくたち少しお話をしあったら、いいだろうと思ったんです。アハトハウゼンについてもっと聞きたかったんです。あすこに一度行ったことがあるんですから。もちろん、無理にっていうわけにはいきませんよ。でも、悪くはとらないでください」

「まあ、何を悪くとるでしょう！　でも、やっぱり行けなかったら」

「今晩はひまなんでしょ、ベルベレさん。ただ気が進まないだけですよ。でも、きっとよく考えてくださるでしょう。ぼくはもう行かなきゃなりません。今晩体育館のそばに行って待ってますよ。だれも来なかったら、ぼくはひとりで散歩に行って、あなたのことと、あなたがアハトハウゼンに今手紙を書いているんだな、ってことを考えます。じゃ、さようなら、どうぞあしからず」

彼はちょっとうなずいて、彼女がまだ何か言う間を与えずに、行ってしまった。彼女は、彼が木立ちのうしろに消えるのを見て、途方にくれた顔をした。それからまた元の仕事にとりかかった。そして急に――奥さんは外出してしまっていた――声を張りあげて美しく、仕事にあわせて歌いはじめた。

それはクヌルプにもよく聞こえた。彼はまた皮なめし匠の橋にこしかけ、食事のときポケットにしのばせておいた小さいパンの切れで小さい玉を作った。パンの玉を彼はそっと水の中に落した。一つ一つ。そしてそれが少し流れに流されて沈み、暗い底で静かな無気味な魚にぱくっと食われるのを、物思わしげにながめた。

「そうだ」と親方が夜食のとき言った。「いよいよ土曜日の晩だ。まるで一週間真剣に働くと、それがどんなに楽しいものか、きみには見当がつかないだろうよ」

「いや、ぼくにだってわかるさ」とクヌルプは微笑した。親方の細君もいっしょに微笑し、いたずらっぽく彼の顔を見つめた。

「今晩は」とロートフースは晴れやかな調子で言いつづけた。「今晩はいっしょにビールをジョッキに一杯飲もう。おまえ、すぐ持ってきてくれるな？　そしてあすは天気がよかったら、三人そろって遠足をしよう。どうかね、きみ」

クヌルプは強く親方の肩をたたいた。

「きみのところは楽しいよ。そう言うほかはない。そして遠足も楽しみだ。だが、今晩ぼくは用事がある。ぼくの友だちのひとりがここにいるんだ。それに会わなきゃならない。上手《かみて》のかじ屋で働いていたが、あす旅立つんだ。――ほんとに残念だが、あすはまる一日お相手する。今日だったら、こんな約束なんかしなかったよ」

「まさかこれから夜歩きしようというんじゃあるまいね、まだ半分病気なのに」

「おや、何をおっしゃる。あんまりからだを甘やかしすぎてもいけないよ。遅く帰ってきやしないよ。かぎはどこに置いておくかね？　帰ってきたとき入れるように」

「わがままだな、きみは、クヌルプ。じゃ、行くがいいさ。かぎは地下室のよろい戸のかげにある。どこだか知ってるね」

「知ってるとも。じゃ、行くよ。早く寝てくれたまえ！　おやすみ。おやすみなさい、奥さん」

彼は出かけた。下の玄関まで来たとき、親方の細君があたふたと追っかけてきた。彼女が持ってきた雨がさを、クヌルプは否応《いやおう》なしに持たされた。

「自分のからだを大事にしなくちゃいけないわ、クヌルプさん」と彼女は言った。

「ついでに、あとでかぎを見つける場所を教えてあげるわ」

彼女はやみの中で彼の手をとって、家のかどをまわり、木のよろい戸でしまっている小さい窓の前でとまった。

「このよろい戸のかげにかぎを置いとくの」と彼女は興奮してささやくように言い、クヌルプの手をなでた。「すきまに手を入れればいいの。窓ぶちにのっているから」

「わかりました。どうもありがとう」とクヌルプは当惑して言い、手を引っこめた。

「お帰りになるまで、ビールを一杯とっておきましょうか」と彼女はまた言いはじめ、そっとからだを押しつけた。

「いや、ありがとう。ぼくはめったに飲みません。おやすみ、ロートフースの奥さん。どうもありがとう」

「そんなにお急ぎなの？」と彼女は情をこめて言いながら、彼の腕をつねった。彼女の顔が彼の顔の鼻さきにあった。力ずくで彼女を突きのけたくはなかったので、彼は当惑して無言で彼女の髪をなでた。

「でも、もう行かなくては」と彼は突然声を張りあげてどなり、あとずさりした。

彼女は半ば開いた口で彼にほほえみかけた。やみの中で彼女の歯がちらちら光るのが見えた。彼女は声をしのばせて叫んだ。「じゃ、あなたの帰るまで、待ってるわ。憎い方ね」

そこで彼は、かさをわきの下にかかえ、暗い小路《こうじ》へどんどん逃げこみ、つぎの角《かど》で、ばかげた胸苦しさを抑えるために、口笛を吹きはじめた。こういう歌だった。

　相手になると、思いこんでおいでだが、
　こちらにゃその気はさらにない。
　人なかに出るごとに、こちらはいつも
　そなたのゆえに恥をかく。

風はなまぬるく吹き、ときどき星が黒い空に出た。料理店で若い連中が日曜を前に騒いでいた。クジャク軒では新しい九柱戯《くちゅうぎ》場の窓の中に、町のだんな仲間が腕まくりし、球を手で計りながら、葉巻を口にくわえて並んで立っているのが見えた。体育館のそばでクヌルプはとまり、あたりを見まわした。葉の落ちたクリの木立ちの中で、湿っぽい風が弱く歌っていた。川は深い暗黒の中で音をたてず流れ、あかりのついた窓をいくつか映していた。温和な夜は流浪者《るろうしゃ》の全身に快かった。彼はかぎつけるように呼吸し、春とあたたかさとかわいた道とさすらいとをほのかに感じた。彼の尽きぬ記憶は町や川の谷間やそのあたり全体を見わたした。彼はどこでもよく知っていた。街道や歩道、村や部落や屋敷やなじみの宿を知っていた。こまかく考えを練り、つぎの旅の計画をたてた。このレヒシュテッテンにとどまることは、なんとしてもできなかったからだ。おかみさんがあまり重荷にならなかったら、友だちのためせめて日曜あけまでここにいてやろうと思った。

親方におかみさんのことで暗示を与えるべきだったかもしれない、と彼は考えた。しかし彼は他人の心配に手出しをすることを好まなかった。人間をより良くより賢くするために手を貸す必要を感じなかった。こうなったのは、残念だった。昔の雄牛屋の女給に対する彼の思いはけっして好意的でなかった。そして、親方が所帯や結婚生活の幸福について話したもったいぶったお談義をも、彼は一種のあざけりをもって思い出した。自分の幸福や長所を自慢し吹聴《ふいちょう》したところで、たいてい無意味だということを知っていた。つくろい仕立屋の信心にしても昔は同様だった。その連中の愚かさをわきから見て、あざ笑ったり、同情したりすることはできた。しかし、彼らをしてその道を行かせねばならなかった。

思いあぐんだ溜息《ためいき》を一つして、彼はそういう気苦労をおしのけた。橋に向かって、古いクリの木のうろにもたれて、自分のさすらいを思いつづけた。シュヴァルツヴァルトを横断したいところだったが、高いところは今は寒かった。おそらくまだ雪が多くて、長ぐつを台なしにしてしまうだろう。泊る所も遠く離ればなれだった。いや、そんなことをしても仕方がなかった。谷をたどってゆき、小さい町から離れぬようにしなければならなかった。川を四時間下ったところにあるヒルシュミューレが最初の安全な休み場だった。天気が悪ければ、そこに一日二日泊めてもらえるだろう。

そんなふうに考えながらたたずみ、だれかを待っていることももう忘れていると、木の間をもれる風の吹く暗がりの橋の上に、ほっそりした不安げな姿があらわれ、ためらいがちに近づいてきた。彼はすぐそれを見分け、喜び感謝しながらかけ寄り、帽子を振った。

「よく来てくれましたね、ベルベレ、来てくださるなんてもう思っていないくらいでしたよ」

彼は彼女の左側を歩き、並木道を川上へみちびいた。彼女はおずおずし、恥ずかしがった。

「やっぱりいけなかったわ」と彼女は繰り返し言った。「だれにも見られなければいいけれど！」

クヌルプはしかしたずねることがたくさんあった。まもなく娘の足どりはおちつき、規則的になった。しまいには軽快に元気に仲間のように彼と並んで歩き、彼の問いや反対のため上気して、むきになり、熱心に、故郷のことや、父母のことや、兄や祖母のことや、アヒルやニワトリのことや、雹害《ひょうがい》のことや、病気のことや、結婚式や開基祭のことを話した。小さいながら彼女の経験の宝庫が開かれた。それは彼女が自分で思っていたより大きかった。しまいに、奉公することになって、うちから別れてきたいきさつと、今のつとめと主人の所帯などが話題になった。

ふたりはとっくに小さい町のずっと外に出ていた。ベルベレは道のことなんか気にとめなかった。今ではおしゃべりしているうちに、よその土地で話し相手もなく辛抱して暮らした長い悲しい一週間から救われて、すっかり愉快になっていた。

「ここはいったいどこなの？」と彼女は急に驚いて叫んだ。「いったいどこへ行くの？」

「あなたさえよかったら、ゲルテルフィンゲンに行きましょう。すぐそこです」

「ゲルテルフィンゲンですって？　そこでどうするの？　それより、帰りましょうよ。遅くなるわ」

「いつまでに帰らなくちゃいけないの、ベルベレ？」

「十時。もう時間でしょ。すてきな散歩だったわ」

「十時まではまだずいぶん間がありますよ」とクヌルプは言った。「あなたが時間どおり帰れるように、ぼくが必ず気をつけています。お互いにこんな若さでいっしょになれることはないんだから、きょうは思いきってこれから踊りましょうよ。それとも踊りはきらいですか」

彼女は緊張していぶかしげに彼を見つめた。

「あら、踊りなら私いつだって好きだわ。でも、いったいどこで？　こんな夜おそく外で？」

「いまにわかりますよ。すぐゲルテルフィンゲンです。そこに行くと、ライオン軒で音楽をやっているんです。中に入って、ただ一度だけ踊るんです。そして帰りましょう。そうすりゃ、いい晩がすごせたことになりますよ」

ベルベレは疑わしげに立ちどまった。

「おもしろいでしょうね」と彼女はゆっくり言った。「でも、みんなは私たちのことをどう思うでしょう。私、そんな女だと見られたくないの。私たちがふたり連れだなんて思われるのも、いやなの」

そしてだしぬけに彼女はひどく陽気に笑い、叫んだ。

「つまり、いつか私にいい人ができたらと思うことがあったら、皮なめし匠じゃいけないの。あなたに失礼なこと言うつもりはないのよ。でも、皮なめしってきたない仕事だわ」

「そりゃたぶんもっともでしょう」とクヌルプは悪気なく言った。「ぼくなんかと結婚することはありませんよ。ぼくが皮なめし匠で、あなたがそんなに気位が高いということは、だれも知りゃしません。手は洗ってきましたよ。いっしょに踊ってくださる気なら、ご招待します。でなきゃ、引き返しましょう」

青白い破風《はふ》のある村の最初の家が茂みの中からのぞいているのが見えた。クヌルプは突然「しっ！」と言い、指をあげた。すると、村の方からダンス音楽のアコーディオンとヴァイオリンがひびくのが聞こえた。

「それじゃ！」と娘は笑った。ふたりは足をはやめて歩いた。

ライオン軒では、ふたり連れが四、五組踊っているだけだった。クヌルプの知らない人たちばかりだった。静かに行儀よく踊っていて、見知らぬ一組がつぎのダンスに加わっても、だれもじゃましなかった。ゆるやかなワルツとポルカをいっしょに踊り、それからワルツになったが、それはベルベレは踊れなかった。ふたりは見物し、ビールを少し飲んだ。クヌルプの有り金ではそれ以上はできなかった。

ベルベレは踊っているうちに上気して、今は目をかがやかせて、小さい広間を見渡した。

「さあ帰る時間でしょう」とクヌルプは、九時半になると言った。

彼女はぱっと立ちあがったが、少し悲しそうな顔をした。

「ほんとに残念だわ！」と彼女は小声で言った。

「もっといてもいいんですよ」

「いいえ、私、帰らなくちゃ。すてきでしたわ」

ふたりは出かけたが、戸口で娘はふと思いついた。「楽隊に何もあげなかったわ」

「そう」とクヌルプはいくらか当惑して言った。「二十ペニヒぐらいにはついたでしょう。でも、あいにくぼくは一枚も持っていないというありさまで」

彼女は本気になって、編んだ小さい財布をポケットから出した。

「どうして言ってくださらなかったの？　二十ペニヒ玉があるわ。これあげて！」

彼はお金を受け取って、音楽をやっている人たちのところへ持っていった。それから外へ出たが、深いやみの中で道が見えるようになるまで、玄関の外でちょっと立ちどまらねばならなかった。風が強くなっていて、ぱらぱらと雨のしずくを伴ってきた。

「かさをさしましょうか」とクヌルプはきいた。

「だめよ、この風ですもの。かさなんかさしたら、歩けやしないわ。中はよかったわね。あなたはまるでダンスの先生みたいに踊れるのね、皮なめし屋さん」

彼女は陽気にしゃべり続けた。友だちはしかし無口になっていた。疲れていたのかもしれないし、別れが迫っているのを恐れたのかもしれない。

突然、彼女は歌いはじめた。「ネッカー川のほとりで草を刈ったり、ライン川のほとりで草を刈ったり」彼女の声はあたたかく清くひびいた。二句めからクヌルプも調子を合わせ、第二声部を確実に低く美しく歌ったので、彼女は楽しげに耳を傾けた。

「そら、これでホームシックも消えたでしょう?」と彼はしまいにたずねた。

「ええそうね」と彼女は明るく笑った。「こんな散歩をまたいつかぜひしましょう」

「残念ながら」と彼は声をひそめて答えた。「たぶんこれが最後の散歩になるでしょう」

すると彼女は立ちどまった。はっきり聞こえたわけではなかったが、彼のことばの悲しいひびきが彼女をはっとさせたのである。

「ええ何ですって?」と彼女はちょっと驚いてたずねた。「何か私に気を悪くなさったの?」

「そんなことはありませんよ、ベルベレ。でも、ぼくはあす旅に出なきゃならないんです。仕事をやめるって言ってしまったんです」

「何をおっしゃるんでしょ。それほんと? 残念だわ」

「ぼくのために悲しんじゃいけません。どうせ長くは居続けられなかったでしょう。ぼくはたかが皮なめし匠なんですから。あなたにはまもなくいい人ができるに違いありません。ほんとにすてきな人がね。そしたら、もうホームシックなんかおこりっこありません、きっと」

「まあ、そんなふうにおっしゃらないで！　あなたは私の恋人ではないけれど、私、あなたがとても好きだってことは、ごぞんじでしょ」

　ふたりは黙った。風がひゅうひゅうふたりの顔に吹きつけた。クヌルプは歩みをゆるめた。ふたりはもう橋の近くに来ていた。とうとう彼は立ちどまった。

「ここらでさよならを言いましょう。少しはあなたひとりで歩いたほうがいいから」

　ベルベレは心から悲しそうに彼の顔を見た。

「じゃ、本気なのね？　それじゃ、私のほうからもお礼を言うわ。私、忘れないわ。お大事にね！」

　彼は彼女の手を取り、自分の方に引き寄せた。彼女がおびえていぶかしげに彼の目をのぞきこんでいるあいだに、彼は彼女の頭を雨にぬれたおさげごと両手にはさんで、ささやいた。「さようなら、ベルベレ。お別れにキスしてもらいたいの。ぼくをすっかり忘れてしまうことのないように」

　彼女は少しぴくっとして、頭をうしろにそらせたが、彼のまなざしはやさしく悲しげだった。今はじめて彼女は、彼がどんなに美しい目を持っているかを見た。彼女は目を閉じずに、真剣に彼のキスを受け入れた。それから彼が弱い微笑を浮かべてためらっていたので、彼女は目に涙をたたえ、心をこめてキスを返した。

それから彼女は急いで離れていったが、橋の上まで行ったところで、突然向きなおり、引き返してきた。彼はまだ同じ所に立っていた。

「どうしたの、ベルベレ？」と彼はきいた。「うちに帰らなくちゃ」

「ええ、ええ、行くわ。私のことを悪く思わないでね！」

「そんなこときっと思いやしませんよ」

「あれはどうなの、皮なめし屋さん。だって、お金がもうまるっきりないって言ったじゃないの。旅に出る前に、お給金はもらえるんでしょ？」

「いや、お給金はもうもらえない。だが、そんなことはなんでもない。どうにかやってゆく。あなたは心配しなくてもいい」

「いいえ、いいえ！　いくらかお金を財布に入れていなくちゃ。さあ！」

彼女は大きなお金を相手の手に押しこんだ。一ターレルだということが、手ざわりでわかった。

「いつか返してくださるか、送ってくださればいいの、あとでいつか」

彼は彼女の手をとって引きとめた。

「そんなことはいけません。あなたは自分のお金をそんなふうに扱ってはいけません！　こりゃ正真正銘のターレル銀貨だ。おさめなおしなさい！　いや、そうしなきゃいけません！　そうだ。無分別なことをしちゃいけません。小銭を、五十ペニヒかそこらでも持っていらっしゃるというなら、喜んでいただきますよ。ぼくは不自由してるんですから。だが、それ以上はいけません」

ふたりはなおしばらく争った。ベルベレは、ターレルしか持っていないと言ったので、財布を出して見せねばならなかった。ところが、言ったとおりではなくて、一マルクと小さい二十ペニヒ銀貨を持っていた。それはそのころまだ通用していた。その銀貨を彼はもらおうとしたが、彼女はそれでは少なすぎると思った。それで彼は何ももらわないで、立ち去ろうとしたが、結局マルク貨をもらった。それで彼女は小走りに走って帰った。

途中で彼女は、なぜ彼がもう一度キスしてくれなかったのか、とひっきりなしに考えた。それは残念にも思えたし、ことのほかいとしく好ましくも思えた。結局そう考えることにした。

それからたっぷり一時間もしてクヌルプは帰ってきた。上の居間にまだあかりがついているのが見えた。してみると、親方の細君はまだ起きていて、彼を待っているのだった。彼は腹だたしげにつばを吐き、今すぐやみの中へ逃げ出したいくらいだった。しかし彼は疲れていた。雨も降り続きそうだった。親方に対して逃げ出すのもいやだった。それに今夜はまだひかえ目ないたずらがしてみたかった。

そこで隠してある所からかぎを取り出すと、泥棒《どろぼう》のように用心深く玄関の戸を開け、うしろ手にしめ、くちびるをぎゅっと結んで、音をたてず錠をおろし、かぎを慎重に元の場所に置いた。それからくつを手に持って、くつ下のまま階段をあがり、半開きの居間の戸のすきまからあかりのもれてくるのを見、長く待ちくたびれて眠りこんだ細君が長いすの上で深く長い息をしているのを耳にした。それから聞こえないようにへやにあがり、中からしっかり錠をおろし、床にはいった。だが、あす旅立つことは、きまっていた。

クヌルプの思い出

まだ陽気な青春時代のさなかだった。クヌルプはまだ生きていた。私たちは、彼と私は、そのころ焼けつくような夏の時期に豊かな地方をさまよい、苦労をほとんど知らなかった。一日中、黄色い麦畑にそってぶらぶら歩いたり、涼しいクルミの木の下や森のふちに寝そべったりした。晩になると、私は、クヌルプが農民たちにいろいろな話を語り、子どもたちに影絵をして見せ、娘たちにたくさんの歌を歌ってやるのに耳を傾けた。私は喜んで聞き、ねたみは持たなかった。ただ彼が娘たちのあいだに立ち、トビ色の顔をきらめかせ、娘たちがしきりに笑ったりあざけったりしながらも、じっと目をすえて彼を見つめるごとに、彼はやっぱりまれな幸運児で、自分はその反対だと、よく思うのだった。そういうとき、私はよけいものとしてそばに立っていることを避けるために、その場をはずすことが珍しくなかった。

そして牧師を居間に訪れて、神妙な一夕の話や夜の宿を求めるか、料理店にこしかけて静かに酒をくむかした。

　ある午後、忘れもしないが、私たちはある墓場のそばを通り過ぎた。つぎの村から遠く離れて、小さな礼拝堂とともに、見捨てられたように畑の間にある墓場で、へいの屋根にはやぶが暗くおいかぶさって、いかにも平和にしんみりと、ほてる畑の中にいこうていた。入り口の格子門《こうしもん》のそばに二本の大きなクリの木が立っていた。門はしまっていたので、私はさきへ行こうとした。が、クヌルプはそれをきらって、へいを越そうと、のぼりはじめた。

　私はたずねた。「いくらもたたないのに、また休むのかい？」

「いかにもそうだよ、でないと、たちまち足の裏が痛くなる」

「そうか、それにしても、墓場でなくちゃいけないのかい？」

「持ってこいなんだ。いっしょに来いよ。農民は物惜しみをする。そりゃよくわかっている。だが、土の下じゃ楽に暮らしたいんだ。だから骨身を惜しまず、墓とそのそばにはきれいなものを植えるんだ」

　そこで私もいっしょに乗り越え、なるほど彼の言うとおりだということを知った。

低いへいは乗り越えがいがあった。中では墓が曲がった列やまっすぐな列をなして並んでいた。たいていの墓には木の白い十字架が立っており、緑と花の色彩におおわれていた。そこにはヒルガオやジェラニウムが喜ばしげに咲き、さらに深い影の中には、遅れてまだニオイアラセイトウが咲いていた。バラの茂みは花でいっぱいだった。ニワトコの木は枝葉が茂っていた。

私たちはそれらをちらっと見て、草の中に腰をおろした。草はところどころ高く伸び、花を咲かせていた。私たちはのびのびと休み、涼を入れ、満ち足りた気持ちになった。

クヌルプは手近の十字架にしるされている名を読んで言った。「エンゲルベルト・アウアーという名で、六十歳を越した。そのかわり、今じゃモクセイソウの下に眠り、安穏《あんのん》だ。モクセイソウは美しい花で、ぼくもいつかほしいと思っている。さしずめここにあるのを一つ取ってゆこう」

私は言った。「それはそっとしておいて、ほかのを取りたまえ、モクセイソウはすぐしおれてしまう」

それでも彼は一つちぎって、かたわらの草の中にころがっている帽子にさした。

「ほんとに静かだなあ！」と私は言った。

すると、彼も言った。「まったくそうだ。もうすこし静かになったら、土の下で話してるのが聞こえるだろう」

「そんなことはない。彼らは話し尽してしまったんだから」

「わかるもんか。だって、死は眠りだって、よく言われるじゃないか。眠っていてもしゃべることは珍しくないし、時には歌いもする」

「きみならきっとね」

「うん、どうしてそうしないわけがあるだろう？　ぼくが死んだら、日曜日に娘たちがやって来て、墓のまわりに立ち、墓から小さい花をちぎるだろう。そうしたら、ぼくはごく小声で歌いはじめるだろう」

「そうかい。で、何を？」

「何をって？　何か歌をさ」

彼は長々と地面に寝そべって、目を閉じ、小さな子どもらしい声で歌いはじめた。

わたしは早く死んだから
歌っておくれよ、お嬢さん、

別れの歌を。
また来るときは
また来るときは、
私はきれいな男の子。

その歌は私の気に入ったけれど、私は笑わずにはいられなかった。彼は美しくやさしく歌った。文句は往々完全な意味を持たなかったが、メロディーはまったくきれいで、歌を美しいものにした。

「クヌルプ」と私は言った。「娘たちにあんまりたくさん約束しちゃいけないよ。でないと、娘たちはじきにきみの言うことに耳をかさなくなるよ。また来るというのは悪くはないが、確かにはだれにもわからないことだ。きみがそのときまさしくきれいな男の子になるかどうかってことは、まったくもって確かじゃない」

「確かじゃない。そのとおりだ。でも、そうなれたら、いいだろう。まだおぼえているかい？　おととい、雌牛を引いた小さい男の子に道をきいたね？　ぼくはまたあんなのになりたいんだ。きみもなりたくはないか」

「いや、ぼくはなりたくない。ぼくは、七十歳以上になる老人と知りあいになったことがある。じつに静かなやさしいまなざしをしていた。その人にはやさしく賢く静かなものだけがそなわっているように思われた。それ以来ぼくはときどき、自分もあんな人になりたいものだと思うんだ」

「そうかね、それにはちょっと足りないところがあるな。だいたい、願望というものはこっけいなもんだ。ぼくがたった今ちょっとお辞儀をしさえすれば、かわいい小さい男の子になれるとしても、そしてきみがお辞儀しさえすれば、上品なやさしい老人になれるとしても、ぼくたちのどちらもお辞儀はしないだろう。それよりも今のままでいたいと思うだろう」

「それもほんとだ」

「たぶんね。まだほかにもあるよ。たびたびぼくは考える。およそこの世に存在するいちばん美しいものの絶妙なものは、金髪のしなやかな若いお嬢さんだとね。だが、そうとも言えない。黒髪の人のほうがなおいっそう美しいくらいだと思うことだって、ずいぶんあるんだから。それだけでなく、美しい鳥が自由に空を飛んでいるのを見るとき、それこそあらゆるものの中でいちばん美しく妙《たえ》なるものだと思われることもあるんだ。また別なときには、チョウチョほど、たとえば羽に赤い紋のある白いチョウほどすばらしいものはない。あるいはまた、雲間の夕べの日の光ほどすばらしいものはない。万物が輝いているが、まぶしくはなく、じつに楽しく無邪気に見えるときはね」

「まったくそのとおりだよ、クヌルプ。なんでもふさわしいときに見ると、美しいんだ」

「そうだ。だが、ぼくはまた別な考え方もする。いちばん美しいものはいつも、満足とともに悲しみを、あるいは不安を伴うとき、美しいのだ、と考える」

「ええ、どうして？」

「こう思うんだよ。ほんとに美しいお嬢さんだって、たぶんそんなに美しいとは思われないだろう。そんな人にも盛りのときがあり、それが過ぎれば、年をとって死ななければならない、ということがわかっていなかったら、何か美しいものがもしも未来永久にわたってたえず変わらず美しかったとしたら、それはぼくを喜ばすかもしれないが、ぼくはそれを冷たい目で見、こんなものはいつだって見られる、何もきょうでなくてもいい、と考えるだろう。これにひきかえ、衰えやすいもの、いつまでも同じではいないものを見ると、喜びばかりでなく、同情をもいだくのだ」

「そりゃそうだ」

「だから、どこかで夜、花火があげられるときほど美しいものを、ぼくは知らない。青や緑の光の玉ができて、暗やみにのぼってゆく。ちょうどいちばん美しくなったとき、小さい弓形を描いて消える。それをながめていると、喜びを、そして同時にまた、すぐに消えてしまうのだという不安をいだく。それが結びついているから、花火がもっと長くつづく場合よりずっと美しいのだ。そうじゃないかい？」

「そりゃそうだろう。だが、それが何にでもあてはまるとはかぎらない」

「なぜ？」

「たとえば、ふたりが互いに好きで結婚する場合、あるいは友情を結ぶ場合は、それが長続きするもので、すぐには終わるべきものでないからこそ、美しいのだ」

クヌルプは私をしげしげと見つめてから、黒いまつげをぱちぱちさせ、考えこみながら言った。「ぼくもそう思う。だが、それだって、すべてのことと同じように、やっぱりいつかは終わるんだ。友情を破滅させるようないろいろなことが起きるんだ。恋愛だってね」

「いかにもそうだ。だが、そうなるまでは、そのことは考えないものだ」

「どうだかね――ねえ、きみ、ぼくはこれまで二度恋をしたことがある。ほんとの恋のことを言っているのだ。二度ともこれは永久のもので、死ぬときはじめて終わりうるのだ、と確信していた。しかし、二度とも終わってしまい、ぼくは死ななかった。友だちもひとりいた。まだ故郷の町にいた頃《ころ》。ぼくたちふたりが生きているあいだに別れることがあろうとは考えなかった。だが、やっぱり別れてしまった、ずっと前に」

彼は口をつぐんだ。私はそれに対しなんと言ってよいかわからなかった。人と人とのあいだのあらゆる関係にひそむ苦しみは、私にとってまだ直接の経験になっていなかった。ふたりの人間のあいだには、たとえどんなに密接に結ばれていても、いつも深淵《しんえん》が口を開いていること、それを越えうるのは愛だけで、その愛もたえず急場しのぎの橋をかけることによってかろうじてそれを越えうるのだということを、私はまだ経験していなかった。友だちのさっきのことばを私は考えてみた。そのうち、光の玉についてのことばがいちばんいいと思った。それは私自身いくども感じたことがあるからである。暗やみの中にのぼって、たちまちその中にのみこまれてしまう、かすかな、心を誘う色の炎は、あらゆる人間の喜びの象徴のように思われしまうのが人間の喜びなのだ。そのことを私はクヌルプにも言った。

　しかし彼はそれに同意しなかった。

「ふん、ふん」とだけ彼は言った。そしてだいぶ間をおいてから声をひそめて言った。「ああだこうだといろいろ考えてみたって、何の値打ちもありゃしない。実際、考えたとおりにやるわけじゃない。ほんとうは一挙手一投足みななんの思慮もせず、心の欲するままにやっているのだ。だが、友情とか恋愛とかについてはたぶんぼくの言ったとおりだ。結局はめいめいみな自分のものはまったく自分だけで持っていて、他の人たちとともにすることはできないのだ。そのことは、だれかが死んだとき、よくわかる。一日のあいだ、一カ月のあいだ、泣き悲しむ。一年におよぶこともある。だが、死んだものは死んだので、いなくなってしまう。故郷もなく知りあいもない手職の徒弟がそうやって棺《ひつぎ》の中に横たわっていたって同じことだろう」

「それはおもしろくない話だね、クヌルプ。人生には結局意味がなければならない。それでだれかが、悪い人でなく、敵意を持たず、やさしく親切であったとすれば、それで値打ちがあるということを、ぼくたちはたびたび話しあったじゃないか。だが、いまきみの言ったとおりだとすれば、何もかももともと同じことになる。盗みをしたって人を殺したって同じようにいいことになる」

「いや、そんなことはできないよ。できるのなら、出くわす人を手あたりしだい殺してみたまえ！　あるいは、黄色いチョウに、青くなれって注文してみたまえ。チョウに笑われるよ」

「ぼくだってそんなことは言っていない。何もかもみな同じことなら、善良で正直であろうとすることには意味がなくなる。青が黄と同じように良く、悪が善と同じように良いなら、善というものはなくなる。そうなれば、みんな森の動物と同じようになり、本性のままにふるまい、取り柄《え》もなければ罪もなくなる」

クヌルプは溜息《ためいき》をついた。

「うん、そう言われると、なんと言ったらよいか！　たぶんきみの言うとおりだろう。そうだとすると、意志なんてものはなんの値打ちもなくて、何ごともまったくわれわれに関係なく運んでゆくのだと感じられるから、ばかばかしく悲しくなることがよくある。だが、だからやはり罪というものはあるのだ。悪くあるよりほかしようがなかったとしても。自分の心の中でそう感じているのだからね。善いことは正しいことでなければならない。善くあれば満足していられるし、良心を持っていられるんだからね」

私は彼の顔色を見て、彼がこの話のやりとりに飽きているのを知った。こういうことはよくあった。彼は哲学的議論を始め、原則を立て、それに賛成したり、反対したりするかと思うと、ふいにやめてしまうのだった。以前なら私は、彼は私の不十分な答えや異論に飽きているんだ、と思った。だが、そうではなくて、彼は、思索癖によって自分の知識や表現のおよばない範囲に引きこまれた、と感じているのだった。なにせ彼はじつにたくさん読んでいた。とりわけトルストイを読んでいた。しかし彼は、正しい結論とごまかしの結論とを必ずしも精確に区別することができず、それを自分で感じていた。学者については、天分のある子どもが大人について語るように、語るのだった。つまり、学者が彼より多くの力と手段とを持っていることを、彼は認めずにはいられなかったが、学者がそういうものをもってしても何ひとつちゃんとしたことを始めることができず、そのわざを尽してもなぞひとつ解くことができないのをけいべつしていた。

そこで彼は頭を両手にのせて横になり、黒いニワトコの葉をすかして青空を見つめ、ライン川の古い民謡を無心に口ずさんだ。私はまだ最後の句をおぼえている。

赤い上着を着ていたが、
今じゃ黒い喪服にかえねばならぬ。
六年、七年、月日がたって、
私のいとしいひとがちりになるまでは。

晩おそく私たちは林の暗いふちに向かいあって腰をおろしていた。めいめい大きなパンの切れを持って、食べながら、夜になるのをながめた。数瞬間まえまではまだ丘が夕空の黄色い反射に輝いて、綿毛のようにただよう光のもやの中に溶けていたが、今はもう暗くきわだって、木立ちや畑の背や茂みを黒く空に描いていた。空はまだいくらか明るい昼の青みをおびていたが、もう深い夜の青みのほうがずっと濃くなっていた。

まだ明るいあいだは、小さい本の中からおどけた歌を読んで聞かせあった。「ドイツの手まわしオルガン歌集」という題で、ばかばかしい愉快ないかがわしい歌ばかり、小さい木版画入りで集めてあった。それも、昼間の明るさが消えるとともに終わってしまった。食べ終わると、クヌルプは音楽が聞きたいと言った。私はポケットからパンくずだらけのハーモニカを取り出して、きれいにふき取り、耳慣れたメロディーをいくつか吹いた。しばらくすわっているあいだに、私たちの前の暗やみは、いくえにも丸い起伏をおびた景色の中に広くひろがっていた。空も色あせた光を失い、黒さを増すにつれ、徐々に星を一つ一つきらめきださせた。私たちのハーモニカのひびきは軽く細く野の中に飛び、やがて広い虚空《こくう》に消えた。

「まだすぐには眠れない」と私はクヌルプに言った。「もひとつ話をしてくれたまえ。ほんとのでなくてもいいよ。それともおとぎ話でも」

クヌルプは考えこんだ。

「うん」と彼は言った。「ほんとの話であっておとぎ話でもあるのだ。両方いっしょになっている。つまり夢だ。去年の秋見た夢だ。それから二度まったく似た夢を見た。それを話して聞かせよう」

「ある小さい町に小路《こうじ》があった。ぼくの故郷にあるのと似ていた。家々はみな破風《はふ》を小路の側にのばしていた。が、それはよそで見るのより高かった。そのあいだをぼくは通っていった。ずいぶん久しぶりにやっとまた故郷に帰ったような気がした。しかし、半分しかうれしくなかった。どうも変なところがあったからだ。自分がまちがったところにいるのではないか、故郷にいないのではないか、たしかにはわからなかったからだ。まったく故郷のとおりの町かども少なくなかった。ぼくにはそれがすぐわかった。が、たくさんの家は見なれないもので、変わっていた。橋と広場への道も見つからなかった。そのかわり、未知の庭と教会のそばを通り過ぎた。それはケルンかバーゼルの教会に似ていて、二つの大きな塔があった。だが、ぼくたちの故郷の教会には塔はなく、間に合わせの屋根に頭のない短い塔がついているだけだ。以前建てそこなって、塔を完成することができなかったからだ。

町の人たちについても同様だった。遠くから見えた人たちの中にはぼくのよく知っている人がいくらもいた。名まえもおぼえていたので、呼びかけようとして、名まえが口に出かかった。しかし、呼びかける前に、ある人は家の中や横の小路にはいり、見えなくなり、またある人は近づいてきて、ぼくのそばを通り過ぎたかと思うと、別人になり、知らない人になった。だが、その人が通り過ぎ、さきへ行ってしまうと、ぼくは見送りながら、やっぱりあの人だ、知っているに違いないと思った。数人の女の人たちが店の前に並んで立っているのも見えた。そのうちのひとりは、死んだおばさんのようにさえ思えた。ところが、そばへやって行くと、彼女たちはまたぼくのぜんぜん知らない人になり、ぼくにはほとんどわからないまったくよその方言をしゃべっていた。

とうとうぼくは考えた。故郷の町であろうとなかろうと、ぼくは町の外にまた出たらどうだろうと。だが、やはりぼくは繰り返しなじみの家か、なじみの顔に向かって行った。そのつどぼくはばかもの扱いされた。それでも、腹もたたず、不愉快にもならず、ただ悲しくなり、不安でいっぱいになった。ぼくはお祈りをとなえようと思い、精いっぱい考えたが、役にたたないばかばかしいおきまりの文句しか思いつかなかった。――たとえば「深く尊敬する貴下」とか、「現在の状況では」とか――そんな文句をぼくはしどろもどろに悲しくぼんやり口にした。

そんなふうで数時間続いたようだった。しまいにぼくはすっかりあつくなり、疲れて、漫然とよろめき続けた。もう晩になっていたので、こんど出会った人に、宿屋なり大通りなりをたずねようと、心にきめた。だが、だれにも話しかけることができなかった。みんな、ぼくが空気ででもあるかのように通り過ぎた。疲労と絶望のあまり、ぼくは泣きだしそうになった。

そのときふいにまた町かどをまがった。すると、故郷の古い小路が前に見えた。

少しばかり変わり、飾られていたが、そんなことは今はもうちっともじゃまにならなかった。ぼくはそこにまっしぐらに進んでいった。すると、夢らしい飾りにごてごてしてはいたが、一軒一軒はっきり見わけがついた。しまいに古い生まれた家も見つかった。その家も同様に不自然に高かったが、そのほかの点はほとんどまったく昔のようだった。喜びと興奮とがぞっと背筋をかけのぼった。

戸口にぼくの初恋の人が立っていた。ヘンリエッテという名だった。ただ彼女は見たところ昔より大きく、いくらか変わっていた。が、いっそう美しくなっているばかりだった。近づくと、彼女の美しさは奇蹟《きせき》の産物で、まったく天使さながらだということさえわかった。しかし、彼女が明るい金髪であって、ヘンリエッテのようにトビ色ではないことに、ぼくは気づいた。だが、やはり彼女は上から下までヘンリエッテだった。光にあふれ、別人になってはいたけれど。

『ヘンリエッテ！』とぼくは呼びかけ、帽子をとった。ぼくをおぼえていると言ってくれるかどうかわからないほど、彼女は美しく見えたからだ。

彼女はぐるりと向きなおって、ぼくの目をのぞきこんだ。だが、そうやって目を見られると、ぼくは驚き恥じずにはいられなかった。彼女はぼくがそうだと思って話しかけた人ではなく、二ばんめの恋人で長いあいだつきあっていたリーザベトだったからだ。

『リーザベト！』とぼくはそこで叫び、手を差しのべた。

彼女はぼくを見つめた。それはぼくの心を貫いた。神さまに見られでもしたように、きびしくはなく、高ぶってもおらず、静かに澄んでいたが、非常に精神的ですぐれていたので、ぼくは自分が犬のように思われた。彼女はじっと見ているうちに真剣に悲しくなったらしく、やがて厚かましい問いにでも答えるように頭を振り、ぼくの手を取らず、家の中に引き返し、戸を静かにうしろ手にしめた。錠がぱちんとかかるのが聞こえた。

そこでぼくは背を向けて立ち去った。涙と残念な思いのためほとんど目が見えなかったが、町がまた変わってしまっているのは、不思議だった。こんどはどの小路も家も何もかも昔のままそっくりで、現実ばなれしたところはすっかり消えていた。破風はもうそんなに高くなく、昔の色をしており、人々も昔実際にいたとおりで、ぼくだとわかると、驚いてうれしそうにぼくを見つめ、ぼくの名で呼びかける人も少なくなかった。しかし、ぼくは返事をすることも、立ちどまることもできず、よく知っている道を一生懸命に走り、橋を渡って町の外に出て、胸の痛手のあまり、ぬれた目ですべてを見るばかりだった。なぜだかはわからなかったが、ここでは自分はすべてを失ってしまい、恥に包まれて逃げ去らなければならない、と思われるだけだった。

町の外に出て、ポプラの下に少し立ちどまらずにはいられなかったとき、はじめてぼくは、故郷に帰って自分の家の前に立ちながら、父母や兄弟姉妹や友だちやいっさいのことをちっとも考えなかったことに思いあたった。ぼくの心の中にはいまだかつてない混乱と悲しみと恥とがわいた。だが、引き返してすべての埋め合わせをすることはできなかった。夢は果てて、ぼくは目をさましたからだ」

*

クヌルプは言った。「人間はめいめい自分の魂を持っている。それをほかの魂とまぜることはできない。ふたりの人間は寄りあい、互いに話しあい、寄り添いあっていることはできる。しかし、彼らの魂は花のようにそれぞれその場所に根をおろしている。どの魂もほかの魂のところに行くことはできない。行くのには根から離れなければならない。それこそできない相談だ。花は互いにいっしょになりたいから、においと種を送り出す。しかし、種がしかるべき所に行くようにするために、花は何をすることもできない。それは風のすることだ。風は好きなように、好きなところに、こちらに吹き、あちらに吹きする」

そしてあとでまた言った。「きみに話してきかせた夢にも、たぶん同じような意味がある。ぼくはヘンリエッテにもリーザベトにもわざと悪いことをしたわけではない。だが、ふたりを愛し、自分のものにしようと思ったことによって、ふたりはぼくにとって、ふたりに似ているがどちらでもないような夢の姿になってしまった。あの姿はぼくのものだが、生きたものではない。両親についてもぼくはたびたびそう考えずにはいられなかった。ぼくは両親の子で、両親に似ている、と両親は考える。だが、ぼくは両親を愛さずにはいられないとしても、両親にとっては理解できないような未知の人間なのだ。ぼくにとって肝心なもの、おそらくぼくの魂であるものを、両親は枝葉のものと考え、ぼくの若さあるいはむら気のせいにする。それでもぼくをかわいがり、あらゆる愛情をつくしてくれるだろう。父親は子どもに鼻や目や知力をさえ遺伝としてわかつことができるが、魂はそうはできない。魂はすべての人間の中に新しくできたものだ」

それにたいし私は何も言えなかった。そのころはまだそういう考え方を、少なくとも自分の要求からたどったことがなかったからだ。私は実際はそういうせんさくが好きだった。それは私にとって深刻なことではなかったし、したがってクヌルプにとっても戦いであるよりも遊戯である、と察せられたからだ。それに、ふたりでかわいた草の中に寝、夜と眠りを待ち、早く出る星をながめるのは、なごやかに美しいことであった。

私は言った。「クヌルプ、きみは思索家だ。教授になるべきだったね」

彼は笑って、頭を振った。

「改めて救世軍にはいったほうがずっといいだろう」と彼はそれから考えこみながら言った。

それは私にはどぎつすぎた。「ねえ、きみ、芝居はよしてくれたまえよ！　聖者になろうというのじゃあるまいね？」と私は言った。

「ところが、そうなんだよ。人はだれだって、考えや行いについてほんとに真剣になれば、聖者だ。あることを正しいと思ったら、それをしなければならない。救世軍に行くのが正しいことだと思ったら、たぶんそうするだろう」

「またしても救世軍かい？」

「そうだよ。そのわけを言おう。ぼくはこれまでたくさんの人と話をし、たくさんの人が演説するのを聞いた。牧師や教師や市長や社会民主党員や自由主義者が演説するのを聞いた。しかし、心の底まで真剣で、いざとなったら自分の真理のために一身を犠牲にする人だと信頼できるような人は、ひとりもいなかった。ところが、救世軍では、楽隊やどたばた騒ぎを盛んにやるにもかかわらず、真剣な人をもう三、四人見ききした」

「いったいどうしてそれがわかるのだね？」

「見ればわかるさ。たとえば、ひとりは村で演説をした。日曜日に屋外で、ほこりにまみれ、暑熱をおかしてやった。たちまちすっかり声がかれてしまった。それでなくても、たくましくは見えなかった。もう声が出なくなると、三人の同僚にひとくさり歌を歌わせ、そのあいだに水を一杯飲んだ。村の人の半分が彼のまわりに立っていた。子どもも大人もいた。みんな彼をばか者だと思い、こきおろした。うしろに若い作男が立っていて、むちを持ち、ときどきぱちっぱちっとものすごい音をたてて、演説している者を怒らせようとした。そのつどみんな笑った。しかし、気の毒な男は、ばかではなかったが、腹をたてず、小さい声でその騒ぎを切り抜けた。ほかの人ならわめいたり、ののしったりしたことだろうに。ねえ、きみ、あんなことはわずかばかりの賃金や楽しみのためにやれるものじゃない。大きな光明と確信を心の中に持っているにちがいない」

「そうかもしれない。だが、一事が万事というわけにはいかないよ。きみのように繊細敏感な人間は、そんな騒ぎに加わりゃしないよ」

「やるかもしれないよ。繊細さや敏感さなどよりずっとまさったものを知り、持っていたらばね。もちろん一事が万事とは限らないが、真理は万人に通じるよ」

「ああ、真理か！　ハレルヤをとなえる連中が真理を持ってるなんてことが、どうしてわかるだろう」

「そりゃわからない、まったくそのとおりだ。だがぼくはただ、もしあれが真理だということがいつかわかったら、ついてゆくつもりだ、と言っているのだ」

「もしそうならばだ！　きみは毎日一つの知恵を見つけるが、あすはそれをもう認めやしない」

彼は当惑して私の顔を見た。

「ひどいことを言ったな」

私はあやまろうとしたが、彼は受け付けず、じっと黙っていた。やがて彼は小声でおやすみと言い、静かに横になった。しかし、眠ったのではなかったようだ。私もまだ興奮していて、一時間以上もひじをついて横になったまま、夜の景色を見ていた。

あくる朝、私はすぐ、きょうはクヌルプは上きげんだぞ、と見てとった。私がそう言うと、彼は子どものような目でかがやくように私を見て言った。「図星だよ。それじゃ、こんなにきげんのいいのはどうしてだか、それも、わかるかい？」

「いや、どうしてだい？」

「夜よく眠って、いい夢をたくさん見たからだよ。だが、おぼえていちゃいけないんだ。きょうのぼくはそうなんだ。はなやかな楽しいことばかりつづけて夢に見たんだが、みんな忘れてしまった。すばらしく美しかったことをおぼえているだけだ」

つぎの村に着いて、朝のミルクを飲む前に、彼はもうあたたかい軽快なのんきな声で、三つ四つ真新しい歌をさわやかな早朝の中に歌った。こういう歌は書きとめたり印刷したりしたら、たぶん趣の乏しいものになるだろう。だが、クヌルプは大詩人ではなかったとしても、小さい詩人だった。彼が自分でそれを歌っていると、彼の小さな歌は、きれいな姉妹のように、ほかのいちばん美しい歌にしばしば似ているのだった。私のおぼえている個々の個所や句はほんとに美しく、私にとっていつも変わらず値打ちがあるのだ。書きとめられたのは一つもない。彼の歌は、風が吹くように、邪心なく屈託なくやって来て、生き、死んだが、私と彼にとってだけでなく、ほかの子どもや老人など多くの人々にとって、小半時を美しく楽しいものにすることが少なくなかった。

晴れやかに晴れ着すがたで
おとめが門から出るように、
赤く誇らしく
モミの森から日がのぼる——

そんなふうにあの日、彼は太陽について歌った。彼の歌にはほとんどいつでも太陽があらわれて、たたえられた。そして奇妙なことに、対話の中では物思うことをやめることができなかったのに、彼の詩句は、ちょうどきれいな子どもが明るい夏の着物ではねるように、屈託がなかった。わけもなくおどけていて、その時々の陽気な気持ちをあふれださせるのに役だつだけだというのも、たびたびだった。

その日、私は彼のごきげんにすっかり感染してしまった。私たちは出会う人々に一々あいさつしたり、ふざけたりしたので、通り過ぎたうしろから笑われたり、のしられたりした。まる一日がお祭りのように過ぎた。私たちは学校時代のいたずらや冗談を語りあい、通り過ぎる農民たちに、ときにはその馬や牛にもあだ名をつけた。目だたぬ庭のかきねで盗んだスグリの実を腹いっぱい食べ、ほとんど一時間ごとに休息して、体力と長ぐつの底をいたわった。

クヌルプと知りあってからまだ日が浅かったが、彼がこんなにあかぬけしていて、好ましく、愉快なのを見たことはまだなかったように思われた。私は、きょうからいよいよほんとの共同生活とさすらいと楽しさが始まるのだと、楽しみにした。

お昼には蒸し暑くなった。私たちは歩くよりも草の中に寝そべるほうが多かった。夕方ごろ雷雨の気配と息詰るような空気が凝集してきたので、私たちは夜の宿をさがすことにきめた。

クヌルプはしだいに無口になり、少し疲れたようだったが、私はほとんど気づかなかった。彼は相変わらず心からいっしょに笑い、たびたび私の歌に調子を合わせたから、私自身はなおいっそうはしゃぎ、喜びの火がつぎつぎと心の中に燃えあがるのを感じた。たぶんクヌルプはその反対で、彼の中では、はなやかな光はもう消えはじめていた。そのころ私はいつもそんなふうで、楽しい日には夜になるとますます元気になり、きりがないくらいだった。実際私はたびたび、楽しいことのあったあと、夜、ほかの人たちがとっくに疲れて眠ってから、なお幾時間もひとりで歩きまわった。

このときも、私はこうした夕方の喜びの熱に襲われた。私たちがりっぱな村をめざし谷に下っていったとき、私は愉快な夜を楽しみにしていた。まず私たちは、わきに離れて立っている、入りやすい納屋《なや》を夜の宿にきめ、それから村に入り、美しい料理店の庭に入った。私は友だちをその晩お客として招待していたからだ。楽しい一日だったので、オムレツとビールを二、三本おごるつもりだった。

クヌルプも招待を喜んで受け入れた。が、みごとなプラタナスの木の下で庭の食卓に席をとると、困ったような顔をして言った。「ねえ、きみ、たくさん飲むのはよそうよ。ビール一本なら喜んで飲む。それはからだにいいし、楽しくもある。が、それ以上はやりたくない」

私はそれでいいと言って、考えた。きっとどっちみちおもしろくなるまでやるだろうと。私たちは熱いオムレツを、滋養に富む新しい茶色の黒パンをそえて食べた。もちろん私はすぐ二本めのビールを持ってこさせたが、クヌルプは一本めのをまだ半分残していた。私は上等な食卓にぜいたくに豪勢な態度ですわると、心からいい気持ちになって、今晩はもうすこし楽しもうと思った。

クヌルプは一本めをあけると、私がいくら勧めても二本めを受け入れようとせず、これから少し村をぶらついて、早めに寝ようと、提案した。それは私の本意でなかったが、むげに反対するのもいやだった。私のびんはまだからになっていなかったので、彼がひと足さきに行き、あとでまた落ちあおうというのに、私も反対することはなかった。

そこで彼は出ていった。ノギクを耳のうしろにはさみ、気楽で楽しそうな、解放された人の足どりで、階段を数段おりて広い小路《こうじ》に出てゆっくり村の方へぶらぶらやって行くのを、私は見送った。彼がもう一本私といっしょにあけようとしなかったのは残念だが、私は見送りながら、やはり楽しく心からしみじみと、いとしいやつ、と思った。

そのあいだに、日はもう沈んだのに、蒸し暑さは依然としてつのった。そういう天候のときは、落ちついてさわやかな夕べの杯を傾けるのが好きだったので、私はもうしばらく食卓についていることにした。私はほとんどただひとりの客だったので、給仕の女も私と話をする時間がたっぷりあった。私は彼女に葉巻を二本持ってこさせた。はじめそのうち一本はクヌルプの分にしていたのだが、そのうち私はそんなことは忘れ、自分でのんでしまった。

一時間ほどもたってから、クヌルプはもどってきて、私を連れてゆこうとした。しかし私は根をおろしてしまっていたし、彼は疲れて眠くなっていたので、彼はひとりで私たちのねぐらに行き、横になる、ということで意見が一致した。そこで彼は出ていった。給仕の女はすぐ、彼のことを根掘り葉掘り私にききはじめた。彼はどんな娘にでも目についたのだ。私は別にさからわなかった。彼は私の友だちだったし、彼女は私の恋人ではなかった。私は彼をほめあげさえした。愉快だったし、だれにでも好意をいだいていたからだ。

雷が鳴り、プラタナスの木の中にかすかに風が吹きだしたころ、私はやっと遅くなって腰をあげた。勘定をし、給仕の娘に十ペニヒをやって、ゆっくり出かけた。歩きながら、一本よけい飲みすぎたことをはっきり感じた。このごろは強い酒をまったく飲まずに暮らしていたからだ。だが、私は、ただもう愉快になった。かなりいけるほうだったからだ。道々、ねぐらにたどりつくまで、私は鼻うたを歌いつづけた。そっとねぐらにもぐりこむと、クヌルプはまさしく眠りこんでいた。茶色の上着をひろげた上に腕まくりして横たわり、すやすやと寝息をしているのを、私はじっと見つめた。額とあらわな首と、ぐっと伸ばした片手とが、どんよりした薄暗さの中に青白い光を放っていた。

それから私は服を着たまま横になったが、興奮と酔った頭のためいつまでも眠れなかった。やっとぐっすり深く前後も知らず眠りこんだのは、外がもう薄明るくなってからだった。ぐっすり眠りはしたが、快い眠りではなかった。私は重くぐったりして、わけのわからない悩ましい夢を見た。

翌朝、私は遅くなってやっと目をさました。もう真っ昼間だった。明るい光が目に痛かった。頭はからっぽで濁っており、手足はだるかった。私は長いあくびをして、目をこすり、両腕を伸ばすと、関節がぼきぼき鳴った。だるかったけれど、きのうの上きげんの残りと余韻がまだ体内にあった。それで、軽い二日酔いを近くの澄んだ泉で洗い流そうと思った。

だが、それどころではなかった。見まわすと、クヌルプがいなかった。私は彼を求めて呼んだり口笛を吹いたりした。初めのうちはまだ気にしなかった。呼んでも、口笛を吹いても、さがしてもむだに終わったとき、ふいに彼は私を捨てたのだということを悟った。そうだ、彼は行ってしまったのだ。こっそり逃げたのだ。これ以上私のそばにいたくなくなったのだ。きのう私が酒を飲んだのにいや気がさしたからかもしれない。彼自身きのうはめをはずしたのが、けさになって恥ずかしくなったからかもしれない。ただの気まぐれからかもしれない。私を道連れとすることに疑いを持ったためか、あるいは孤独を求める心が急にめざめたためかもしれない。だが、おそらくやはり私の酒のせいだった。

喜びは消え、恥ずかしさと悲しさで私の心はいっぱいになった。今ごろ友だちはどこにいるのだろう？　彼はああ言ったけれど、私は彼の魂をいくらか理解し、彼の心にあずかっているつもりだった。ところが彼は行ってしまった。私はひとりぼっち幻滅して立っていた。彼を責めるより自分を責めずにはいられなかった。そして今こそ、クヌルプの意見によるとすべての人がその中に生きている孤独、しかし私はついぞどうしても信じる気になれなかった孤独を、自分で味わわねばならなかった。孤独は苦かった。あの最初の日だけではなかった。そのうちいくどか明るくなりはしたが、孤独はそれ以来もう完全に私から離れようとはしない。

最期《さいご》

十月の晴れた日だった。太陽の光を吸った軽い空気は気まぐれな短い微風に動かされた。畑や庭からは、秋のたき火の薄青い煙が、細いためらいがちな帯をなしてなびいてき、焼かれた雑草やクスノキの強く甘いにおいで明るい自然を満たした。村の庭では色の濃いノギクの茂みや、色あせた遅咲きのバラや、ダリアが咲いていた。かきねのここかしこではまだ火のようなキンレンカが、もう色あせて白っぽくかすかに光る雑草のあいだから燃えていた。

ブーラハへの国道をドクトル・マホルトの一頭だての馬車がゆっくり走っていた。道はゆるい上りになり、左には刈りとられた穀物畑と、まだ取り入れ中のジャガイモ畑があり、右には、狭い若いモミの林が半ば窒息したような状態で、ひしめきあう幹と枯れた小枝の茶色の壁をなしていた。地面は厚く散りしいた枯れた針葉でかわいた茶色の一色だった。道はまっすぐひと筋に、柔らかく青い秋空に通じていて、そこで世界が尽きてでもいるようだった。

ドクトルは手綱をゆるく両手に持ち、老いた愛馬を好きなように走らせていた。彼女は臨終の一婦人のところからの帰りだった。もう手の施しようがなかったが、彼女は最後のときまで生きようとして粘り強く闘った。ドクトルは疲れていて、快い昼間を走る静かな馬車の乗りごこちを楽しんでいた。考えは眠りこんでしまい、野火のにおいからのぼってくる呼びかけに、うつらうつらぼんやりと従った。それは生徒時代の秋休みの日の快いおぼろな記憶だった。さらにさかのぼって、ほがらかに鳴りひびいてはいるが、形のない幼年時代のたそがれへの追憶だった。なにせ彼はいなか育ちだった。彼の感覚は、四季とその時々の仕事のひなびた特徴をよく心得ていて、好んでそれにひたるのだった。

彼は居眠りしそうになったとき、馬車がとまったので、目をさました。道路をみぞが横切っており、前の車輪がその中に引っかかった。馬はやれありがたやと立ちどまって、頭をさげ、休息を楽しみながら待った。

マホルトは、車輪の音が急にやんだので、目をさまし、手綱を引きしめた。数分間ぼんやりしていたが、森と空がさっきまでのようにうららかな明るさの中にあるのを微笑しながら見、親しげに舌を鳴らし、馬を励まして進ませた。それからまっすぐすわりなおした。彼は昼間眠るのを好まなかった。そこで葉巻に火をつけた。馬車はゆっくりとした足どりで進んだ。広いふちの帽子をかぶった女がふたり、畑から、いっぱい詰ったジャガイモ袋の長い列のうしろであいさつした。

もう峠が近かった。馬はじき故郷の丘の長い尾根をかけおりるのだという期待に満ち、元気づいて頭をあげた。すると、近い明るい地平線の向こうから、旅びとらしい人がひとりあらわれ、一瞬、空の輝く青い色に包まれてのびやかに高々と立ったが、下にくだると、灰色に小さくなった。近づいてきたのは、粗末な服にちょびひげをはやしたやせた男だった。明らかに路傍を家としている男だった。疲れてたいぎそうに歩いていたが、ていねいに帽子をとり、こんにちは、と言った。

「こんにちは」とドクトル・マホルトは言い、もう通り過ぎたよその男を見送った。が、急に馬をとめ、立ちあがって、きしる皮のほろ越しに振り返って叫んだ。「もしもし、あなた！　こちらにいらっしゃいよ！」

ほこりにまみれた旅びとは立ちどまって、振り向いた。かすかに微笑を送ったが、また向きなおって、歩きつづけようとするらしかった。それからやはり思いなおして、すなおに引き返した。

　彼は低い馬車のそばに立った。帽子を手に持っていた。

「失礼ですが、どちらへ？」とマホルトは大きな声で言った。

「この道についてベルヒトルツエックへ」

「お互いに知りあいの仲じゃありませんか。ただ名まえが思い出せないんです。私がだれだかは、ごぞんじでしょう？」

「ドクトル・マホルトとお見受けしますが」

「やっぱりね。で、あなたは？　お名まえは？」

「先生は私をきっとごぞんじでしょう。私たちはプロッヒャー先生のもとで机をならべたことがありますよ、ドクトル。あなたはあのころラテン語の下調べを私のから写しましたよ」

　マホルトはさっと馬車からおりて、相手の男の目をのぞきこんだ。それからからからと笑いながら相手の肩をたたいた。

「そのとおり！」と彼は言った。「じゃ、きみはかの有名なるクヌルプだ。ぼくたちは同級生だ。さあ、握手しよう、なつかしいね。たしかに十年間一度も会わなかった。相変わらず旅暮らしかね？」

「相変わらずさ。だんだん年をとると、慣れたことがよくてね」

「そりゃもっともだ。それでこんどの旅はどこへ？　また故郷へというわけかい？」

「まさしくご推察のとおり。ゲルバースアウに行くんだ。あそこにちょっとした用があってね」

「そうかい。それでだれか身内の人がまだ生きているの？」

「だれももういない」

「きみも若く見えるってわけじゃないよ、クヌルプ。ぼくたちは四十になったところだ、ふたりとも。きみがあんなにあっさりぼくのそばを素通りしてしまおうとしたのは、よくないな。——どうやら、きみはお医者を必要としているらしいね」

「おや、何をおっしゃる。ぼくにはどこも悪いところなんかない。悪いところがあったとしても、お医者さんには治せない」

「そりゃ今にわかるさ。ともかく乗って、いっしょに来たまえ。そうすりゃ、よく話ができる」

クヌルプは少しあとにさがって、帽子をかぶった。医者が手を貸して馬車にのせてやろうとすると、彼は困った顔をしてそれを拒んだ。

「いやあ、そんなことは必要ないよ。ぼくたちがこうやって立っているかぎり、馬はかけだしやしないよ」

そう言っているうちに、彼はせきの発作に襲われた。もう様子を心得ていた医者は、即座に相手をつかまえて、馬車にのせた。

「これでよい」と彼は馬を走らせながら言った。「すぐに峠の上だ。そしたら、だく足で行っても、三十分でうちにつける。話なんかしなくてもいいよ、そんなにせきが出るんじゃね。うちで話の続きはできるよ。――何？――いや、いまさらそんなことをしたってもうだめだ。病人は寝床にはいっているもんだ。往来に出るもんじゃない。ねえ、きみはあのころラテン語でずいぶんたびたびぼくを助けてくれたから、今度はぼくの番だ」

彼らは山の背を越して、ブレーキをきしませながら長い尾根を下った。向こうにもう果樹越しにブーラハの屋根が見えた。マホルトは手綱を短く持って、道に気をつけた。クヌルプは疲れてはいたが、半ばくつろいで、馬車で運ばれ、強引なもてなしを受ける快さにひたった。あすは、遅くともあさっては、骨がばらばらになっていなければ、ゲルバースアウに向かって旅を続けてやるぞ、と考えた。彼はもう、歳月を浪費するのんきな若者ではなかった。死ぬ前にもう一度故郷を見たいという願いのほかには何も願わぬ、病気の老人だった。

ブーラハで友人はまず彼を居間に通し、ミルクを飲ませ、パンとハムを食べさせた。そのあいだにふたりは雑談をし、徐々に親密さを取りもどした。それからはじめて医者は容態をたずねた。病人はそれをおとなしく、いくらかあざけり気味に甘受した。

「どこが悪いか、きみはほんとに知ってるのかい」とマホルトは診察の終わりにたずねた。軽い調子でさりげなく言ったのだった。クヌルプはそれをありがたく思った。

「うん、もうわかってるよ、マホルト。肺病だ。もう長くは持たないこともわかってるよ」

「なあに、そんなこと、わかるもんか。だが、それならそれで、きみは寝床について看病を受けなきゃならないことがわかるはずだ。さしあたり、ぼくのところにいていい。そのうちもよりの病院にはいれるように心配してやるよ。きみはどうかしているぜ。もう一度切り抜けるように、しっかりしなくちゃ」

クヌルプは上着を着た。いたずらっぽい表情をしたやせた灰色の顔を医者の方に向け、悪気なく言った。「たいそう骨を折ってくれるね、マホルト。じゃ、どうでもいいようにしてくれたまえ。だが、ぼくにあまり期待をかけちゃいけないよ」

「様子を見よう。今は、庭に日があたっているあいだ、日光浴をするんだ。リーナがきみのためお客用の寝床をこしらえる。ぼくたちは君を監視しなければならないんだよ。一生涯《いっしょうがい》太陽と外気の中ですごした人間が、よりによって肺をこわすなんて、まったくどうかしている」

そう言って彼は出ていった。

家政婦のリーナは、いい顔をせず、こんな流浪者《るろうしゃ》を客間に入れることにさからった。しかしドクトルは彼女のことばを断ち切った。

「そんなこと言うんじゃない、リーナ。あの男は長いこと生きやしない。このうちでもう少しのあいだ幸福に暮らさせてやろう。それはそうと、あの男はいつも清潔だった。床にはいる前に、ふろに入れてやろう。わしの寝巻の中から一枚出してやりなさい。それに冬のスリッパもいるかもしれない。わしの友だちだということを忘れちゃいけないよ」

クヌルプは十一時間眠った。霧のかかった朝を寝床の中でうつらうつらすごし、今やっと、だれのうちにいるかを徐々に思い出すことができた。太陽が霧の中から出ると、マホルトは彼に起きることを許した。そこでふたりは食後、日のあたる露台にすわって、赤ブドウ酒を一杯飲んだ。よい食事と半杯のブドウ酒に、クヌルプは元気になり、おしゃべりになった。医師は、この風変わりな学校友だちともう一度雑談をし、このあたりまえでない人間の生活について何か聞き出したいと思って、一時間ひまを作った。

「じゃ、きみは自分の送ってきた生活に満足しているんだね？」と彼は微笑しながら言った。「それなら、もちろん何も言うことはない。だが、もしそうでなかったら、きみのような男がほんとに惜しいことだ、とぼくは言いたい。何も牧師や教師になるには及ばなかったろうが、自然科学者か詩人なんかにはなれただろう。きみは自分の天分を利用したか、さらにみがきをかけたかどうか、ぼくは知らないが、きみ自身のためにだけ天分を十分に使ったね。それともそうじゃないかい？」

　クヌルプは薄いひげのはえたあごにほおづえをついて、ブドウ酒のグラスのかげで日のあたったテーブル掛けの上に戯《たわむ》れる赤い光を見つめた。

「そうとも言えないよ」と彼はゆっくり言った。「きみが言うような天分は、そうたいしたものじゃない。ぼくは少しばかり口笛が吹け、アコーディオンも鳴らせる。ときには短い詩も作る。昔はなかなかよく走ったし、踊りもまずくはなかった。それだけのことだ。だが、それをぼくひとりで楽しんだわけじゃない。たいていの場合、仲間か、若い娘か、子どもが居合わせて、それをおもしろがってくれ、ぼくによくお礼を言ったものだ。それでいいことにしよう。それで満足しよう」

「もちろん」と医者は言った。「そうしよう。だが、もうひとつだけきみにぜひききたい。あのころきみはラテン語学校の第五級までぼくといっしょに進んだ。今でもよくおぼえている。きみはよい生徒だった。模範少年ではなかったとしても。それからこれから突然きみはいなくなった。国民学校へ行っているという話だった。それでぼくたちは離ればなれになった。ぼくはラテン語学校生として、国民学校へ行っているものと友だちになるわけにいかなかった。どうしてああなったのだい？　後になって、きみのことを聞くごとに、ぼくはいつも考えたよ。彼があのときぼくたちの学校に続けていたら、万事ちがった結果になったに相違ないとね。で、あれはどうしたのかね？　いやになったのかね、それともきみのおやじさんが月謝を払うのをきらったのかね、それともほかに何かあったのかい？」

病人はグラスを浅黒いやせた手に取ったが、飲みはしなかった。ブドウ酒をすかして緑の庭の光を見ただけで、グラスを慎重にテーブルにもどした。それから無言で目を閉じ、考えに沈んだ。

「その話をするのはいやなのかい？」と友だちはたずねた。「しなくてもいいんだよ」

すると、クヌルプは目を開き、長いことじろじろと相手の顔を見た。

「いや」と彼はなおもためらいながら言った。「話しておかなくてはならない、と思うのだ。まだだれにも話したことがないんだからね。この際、だれかに聞いてもらうのはまったくいいことだろう。子どもの話にすぎないんだが、ぼくにとっちゃ重大だったのだ。幾年もぼくはそれに悩まされたんだ。きみにそれをきかれるとは、奇妙だね！」

「なぜ？」

「最近ぼくはまたしきりにあのことを思い出さずにはいられなかったのだ。それでまたゲルバースアウへ行くことにしたのさ」

「そうか、それじゃ話したまえ」

「ねえ、マホルト、ぼくたちはあのころ仲のよい友だちだった。少なくとも第三級か第四級までは。その後はあまり会わなかった。きみはぼくたちの家の前で口笛を吹いても、待ちぼうけを食うことが珍しくなかった」

「まったくそのとおりだ。ぼくは二十年以上もついぞ思い出したことがなかったがね。驚いたね、きみはなんて記憶がいいんだろう！　そしてそれから？」

「今ならそのいきさつが話せるよ。女の子たちのせいなんだ。ぼくはかなり早く女の子に興味を持ちはじめた。きみなんかまだ、コウノトリが子どもを連れてくるとか、井戸から子どもが生まれるとか、そんなことを信じていたころ、ぼくはもう男の子と女の子がどんなふうにできているか、かなりよく知っていた。それがそのころぼくにとっちゃ肝心なことだった。だからぼくはきみたちのインディアンごっこに加わらなかった」

「きみは十二歳だったじゃないか」

「かれこれ十三歳だった。きみより一つ年上だ。ぼくがあるとき病気で寝ていると、身内の娘がお客に来た。ぼくより三つか四つ上だった。彼女がぼくと遊びはじめた。ぼくは病気がなおって、起きられるようになると、ある夜彼女のへやにはいっていった。そこで女がどんな様子をしているかを知った。ぼくはひどくびっくりして逃げ出してしまった。そのいとことぼくはもう一言も口をきく気になれなかった。彼女にいや気がさしたのだ。彼女に恐れをいだいていたが、あのことはぼくの頭にこびりついてしまった。それからしばらくのあいだ、ぼくは女の子のあとばかりつけて歩いた。赤皮なめし匠ハージスのうちに、ぼくと同じ年の娘がふたりいた。そこへ近所の娘たちもやって来た。ぼくたちは暗い屋根裏べやで隠れんぼをして遊び、いつもしきりに忍び笑いをしたり、くすぐったり、内証ごとをしたりした。その仲間でぼくはたいていただひとりの男の子だった。ぼくは娘たちのひとりにおさげを結ってやったりしたし、だれかにキスされたりすることもよくあった。みんなまだ成熟していなかったし、ほんとに心得てもいなかった。それでも色気はたっぷりで、娘たちが水あびをしているとき、やぶの中に隠れて見たこともある。――ある日、新しい娘があらわれた。町はずれからやって来た子で、父親は編物の職人だった。フランチスカという名で、ぼくはひと目みてすぐ好きになった」

ドクトルは相手のことばをさえぎった。「父親の名はなんと言った？　ぼくもその女の子を知ってるかもしれないよ」

「それは勘弁してくれたまえ。言いたくないんだ、マホルト。話に関係のないことだし、だれかが彼女についてそんなことを知るのを、ぼくは好まないんだ。――さてそこでだ！　彼女はぼくより大きくて強かった。ぼくたちはときどきけんかをし、つかみ合いをした。それから彼女がぼくを痛くなるほど抱きしめると、ぼくは目がくらくらして、酔いしれたようにいい気持ちになった。彼女にほれこんでいたわけだ。彼女は二つ年上で、そろそろ恋人がほしいなんて、もう言っていたので、その恋人になりたいというのが、ぼくのただ一つの願いだった。――あるとき、彼女は皮なめし場で川っぷちにひとりでこしかけて、両足を水の上にぶらぶらさせていた。水あびをしたあとで、そでなしの下着を着ているだけだった。そこへぼくはやって行って、そばにこしかけた。急にぼくは勇気が出て、恋人になりたい、ぜひ恋人にしてほしい、と彼女に言った。しかし彼女はトビ色の目であわれむようにぼくを見つめて言った。『あんたはまだ子どもで、短いズボンをはいてるじゃないの。恋人とか、好きだとか言ったって、何も知りゃしないじゃないの』だが、ぼくは、なんでも知っている、きみがぼくの恋人になりたくないと言うなら、川の中に投げこみ、ぼくもいっしょに飛びこむ、と言った。すると、彼女はぼくを大人の女のような目つきでまじまじと見つめながら言った。『ひとつやってみようよ。あんたキスができて?』ぼくは、うん、と言って、すばやく彼女の口にキスをして、これでいいだろう、と思った。ところが、彼女はぼくの頭をつかまえ、ぎゅっとおさえつけて、ほんとの女がするように、本式にキスしたので、ぼくは耳が遠くなり、目がくらんでしまった。それから彼女は低い声で笑って言った。『あんたはきっとわたしに合うわ。でも、やっぱりだめよ。ラテン語学校に行っている恋人なんて、わたしはほしくないわ。そんな人、あたりまえじゃないもの。本式の大人を恋人にするんでなくちゃ。職人とか職工とかで、学問した人なんかでない人よ。学問なんかだめよ』彼女はしかしぼくをひざの上に引き寄せた。じっとりとあたたかく彼女の腕の中に抱かれているのは、とてもすてきで快かったので、彼女から離れることは考えられなかった。それでぼくは、もうラテン語学校なんかに行かない、職人になる、とフランチスカに約束した。彼女は笑うばかりだったが、ぼくはひるまなかった。しまいに彼女はまたぼくにキスして、もしぼくがラテン語学校生でなくなるなら、ぼくの恋人になってやる、彼女の手でぼくを幸福にしてやる、と約束した」

クヌルプは話をやめて、しばらくせきをした。友だちは注意して相手の方を見た。ふたりはちょっとのあいだ黙っていた。やがて彼は話しつづけた。「さあこれでいきさつがわかったろう。もちろん、ぼくが考えたように、そう手っとり早くはいかなかった。ぼくがもう絶対にラテン語学校に行きたくない、行けない、と言うと、おやじはぼくの横っつらを二つ三つ張りとばした。ぼくはすぐにはどうしたらいいかわからなかった。学校に火をつけてやろうと思ったことも、たびたびだった。それは子どもじみた考えだったけれど、肝心な点は真剣だった。しまいにただ一つの逃げ道を思いついた。なんのことはない、学校でもう勉強しないようにしたのさ。ちっとも気がつかなかったかい？」

「ほんとうだ。おぼろげながら思い出したよ。きみはしばらくのあいだ毎日のように居残りを食ったよ」

「うん、ぼくは授業時間をすっぽかし、まずい答えをした。宿題をやらず、ノートをなくした。毎日何かしでかした。しまいにはそれがおもしろくなった。いずれにしてもぼくはあのころ先生たちをさんざん手こずらせた。ラテン語だとかなんだとかくだらんものはいっさい、ぼくには格別たいせつではなくなった。きみも知ってるとおり、ぼくはいつも勘がよかった。何か新しいものを追求しだすと、しばらくのあいだはこの世にそれ以外のものは何もなくなってしまうのだった。体操がそうだったし、マス釣《つ》りがそうだったし、植物学がそうだった。あのときは女の子のことでまさしくそのとおりだった。ひどい目にあって世間を知るまでは、ほかに大事なことがなくなってしまった。きのうの夕方女の子が水あびしているところをこっそりのぞき見して、そのことで内心夢中になっているのに、生徒としていすにこしかけていろ、動詞の変化を練習しろって言ったって、無理な話だ。――いや、まだある。先生たちはたぶんそれに気づいていたが、全体としてぼくをかわいがっていてくれたので、できるかぎりはぼくを大目に見てくれた。それでぼくのもくろみはまったくものにならなかっただろう。ところが、こんどはぼくはフランチスカの弟と友だちになりはじめた。彼は国民学校の最上級に行っていて、悪いやつだった。

彼からいろんなことをおそわったが、いいことは何ひとつおそわらなかった。ずいぶんひどい目にあわされたものだ。半年でやっとぼくの目的は達せられた。おやじはぼくを半分死ぬくらいなぐったが、ぼくはきみたちの学校を追い出され、フランチスカの弟と同じ国民学校の教室にすわることになった」

「それで彼女は？　その娘は？」とマホルトはたずねた。

「うん、そこがみじめな話さ。結局彼女はぼくの恋人にならなかった。よく彼女の弟といっしょに帰ってくるようになってから、ぼくは彼女からいっそうひどい扱いをされた。まるで以前より劣等な人間になりでもしたように。国民学校に通うようになって二カ月たち、しげしげと晩おそく家をこっそり出る習慣がついたころ、はじめてぼくは真相を知った。ある晩おそくリーダーの森をうろつきまわっていたとき、ぼくはそれまでにもういくどもやったことがあるように、恋人のふたり連れがベンチにこしかけているのに耳をすました。しまいにこっそり近づくと、それはフランチスカと機械工の職人だった。ふたりはぜんぜんぼくに気づいていなかった。男は彼女の首に腕を巻きつけ、手に巻きタバコを持っていた。彼女のブラウスははだけていた。要するに、鼻持ちならなかったのだ。こうして何もかもむだになったのだ」

マホルトは友だちの肩をたたいた。

「いや、たぶんそれはきみにとっていちばんいいことだったのだ」

だが、クヌルプはとがった頭を激しく振った。

「いや、ちっともよくはなかった。ぼくは今でも、ちがった結果になっていたら、右手をくれてやってもいいと思っている。フランチスカについては何も言わないでくれたまえ。ぼくは彼女のことをとやかく言わせはしない。もし順当にいっていたら、ぼくは恋というものを美しい幸福な仕方で知っただろう。そしてたぶんそのおかげで国民学校ともおやじともぐあいよくいっただろう。というのは――なんと言ったらよいか――あれからも、友だちや知りあいや仲間や、恋人だっていくらもできたからね。だが、ぼくはもう人間のことばを信用したり、ことばで束縛されたりしなくなった。もう二度としなくなった。自分にふさわしい生活を送った。自由と美しさに事欠くことはなかったが、終始ひとりぼっちだった」

彼はグラスを手にとり、ブドウ酒の最後のわずかな残りを念入りに飲んで、立ちあがった。

「お許しがあれば、ぼくはまた横になる。あの話はもう二度としたくない。きみもきっとまだ仕事があるね」

ドクトルはうなずいた。

「もうひとこと話そう。ぼくはきょう病院にきみのためベッドをとるよう手紙を書くつもりだ。きみには向かないかもしれないが、どうにもしようがない。早く看病を受けないと、きみはまいってしまうよ」

「おや、何だって」とクヌルプは常にない激しさで叫んだ。「それじゃ、まいらしてしまえばいいじゃないか！　もう何をしたってむだだよ。そのことはきみ自身知ってるじゃないか。いまさらなんだって閉じこめられなきゃならないんだ」

「そう言わないで、クヌルプ、どうか分別を持ってくれ！　きみをこのまま放浪させたとしたら、ぼくはみじめな医者になるだろう。オーバーシュテッテンにきっときみのベッドが見つかるだろう。特別にぼくから手紙を書いてあげる。一週間たったら、ぼくが行って、みてあげる。約束するよ」

流浪者《るろうしゃ》はいすにふかぶかともたれた。泣きだしそうに見えた。こごえた人のように、細い手をこすりあわせていたが、やがて哀願するように、子どものように、ドクトルの目をのぞきこんだ。

「それじゃ」と彼はまったく声をひそめて言った。「ぼくのほうがまちがっていた。きみはずいぶんぼくのために尽してくれれ、赤ブドウ酒さえ飲ませてくれた——何もかもぼくにとっちゃあんまり良すぎ、行きとどきすぎた。怒っちゃいけないよ。もひとつきみに大きなお願いがあるんだ」

マホルトはなだめるように彼の肩をたたいた。

「だだをこねちゃいけないよ！　だれもきみの首を締めようとはしない。それで何かね？」

「怒っちゃいないね？」

「怒ってなんかいないよ。どうしてだね？」

「それならお願いするよ、マホルト。ひとつぼくのために大いに骨を折ってもらいたいんだ。ぼくをオーバーシュテッテンへはやらないでくれたまえ！　どうしても病院にはいらなきゃならないんなら、せめてゲルバースアウに行きたい。あすこなら、ぼくを知ってる人もいる。ぼくの故郷なんだから。施療《せりょう》にしてもらうにも、そのほうがぐあいがいいかもしれない。ぼくはあすこで生まれたんだから。そもそも

――」

彼の目は熱情こめて嘆願していた。興奮のあまりほとんど口がきけないほどだった。

熱があるな、とマホルトは考えた。それで静かに言った。「きみの願いがそれだけのことなら――すぐ目鼻がつくよ。まったくもっともな話だ。ゲルバースアウに手紙を書こう。さあ行って、横になりたまえ。きみは疲れている。しゃべりすぎたよ」

クヌルプが足を引きずるようにして家にはいってゆくうしろ姿を見送って、マホルトはふいに、クヌルプにマス釣りを教えてもらった夏のこと、友だちをあしらうクヌルプの抜けめのない高飛車なやり方、毛なみのよい少年の愛らしい十二歳の熱情などを思い出さずにはいられなかった。

「かわいそうなやつ」と彼は思い、一種の感動に心をかき乱された。そして仕事に向かうために、急いで立ちあがった。

つぎの朝は霧がかかった。クヌルプは終日寝床にはいっていた。ドクトルが本を数冊置いていってくれたが、彼はほとんど手を触れなかった。彼は気がふさいで、めいっていた。ねんごろに看病され、良いベッドと柔らかい食事を楽しむようになってから、いよいよ自分はおしまいだということを、今までよりはっきり感じたからである。

もうしばらくこうやって寝ていたら、もはや起きられなくなる、と彼は考えて不愉快になった。命なんかもうさして問題でなかった。国道もこの数年すっかり魅力を失っていた。しかし、ゲルバースアウをもう一度見、川や橋や広場や父の昔の庭に、そしてフランチスカにも、というふうに、何くれとなく心ひそかに別れを告げるまでは、死にたくなかった。その後の恋人のことは忘れてしまっていた。長くつづいた放浪の歳月が今は小さく取るに足らぬものと思われたように。それにひきかえ、秘密に満ちた少年時代は新しい輝きと魅力を増していた。

彼は簡素な客室を注意深く観察した。多年こんなにりっぱなへやに泊ったことはなかった。リンネルの敷布や、柔らかい無地の毛布や、上等な枕《まくら》カバーを、客観的な目でよく見、指でさわってみて調べた。硬質の材木のゆかも、壁にかかっている写真も彼の興味をひいた。ヴェニスの総督邸の写真で、ガラスのモザイクのわくにはまっていた。

それからまた長いこと横になっていた。目は開いていたが、何かを見るというのではなく、疲れて、むしばまれた自分のからだの中でひそかに進行していることを考えているだけだった。だが、突然彼はまた飛び起きて、ぐっと寝台から外に上体を曲げて、せかせかした指で長ぐつを引き寄せて、入念に玄人《くろうと》らしく調べた。長ぐつはもう上等でなかったが、十月だから、初雪まではまだ持ちそうだった。だが、そのあとはおしまいだった。マホルトに古ぐつをねだってみようかという考えが浮かんだ。いや、だめだ。マホルトは疑い深くなるだけだろう。病院に行くにはくつはいらない。彼は上皮のいたんだ個所を注意深くさすってみた。油を塗ってよく手当すれば、少なくともまだ一カ月は持つに違いなかった。心配はよけいなことだった。おそらくこの古い一足だって、彼より生きながらえ、彼自身がもう国道から消えてしまっても、まだ役にたつことだろう。

長ぐつを手から放し、深い息をしようとしたが、胸が痛んで、せきが出た。彼はじっと横になって、せきのやむのを待ち、短い息をした。最後の願いをとげないうちに、悪くなってしまうのではないか、と心配になった。

これまでいくども考えたように、死のことを考えてみようとした。が、頭は根気がなく、彼はうつらうつらしだした。一時間たって目をさますと、終日眠ったような気がして、さわやかなおちついた気分になった。彼はマホルトのことを考え、立ち去るのならば、何か感謝のしるしを残しておかねばならないと思いついた。彼は自分の詩を一つ書きとめておこうと思った。きのうドクトルは自分の詩のことをたずねたのだから。しかし、どの詩ひとつ完全には思い出せず、どれも気に入らなかった。窓を通して近くの森に霧がかかっているのが見えた。彼は長いあいだじっとそちらを見つめていると、ある考えがわいてきた。きのう家の中で見つけて持ってきた短い鉛筆で、枕もとの小卓の引出しに敷いてあったきれいな白い紙に数行の詩を書いた。

霧が来れば、
花はみな
しおれる定め。
人はみな

死ぬる定めにて、
墓に沈めらる。
人も花、
春となれば、
みなよみがえる。
もはや病む身ならず、
すべては許さる。

彼は手をとめて、書いたものを読んだ。ほんとの歌ではなく、韻を踏んでいなかった。しかし、自分の言いたいと思ったことが、その中に述べられていた。彼はくちびるで鉛筆をぬらし、詩の下に「ドクトル・マホルトに、うやうやしく、感謝する友Kより」と書いた。

それからその紙きれを小さい引出しの中に入れた。

翌日、霧はなおいっそう濃くなっていたが、空気が身にしみて冷たかったので、お昼には太陽が見られそうだった。クヌルプが哀願するので、ドクトルは起きるのを許し、ゲルバースアウの病院にはベッドがとってあり、向こうで君を待ち受けている、と話した。

「それじゃ、昼食後すぐ歩いてゆこう」とクヌルプは言った。「四時間はかかる。あるいは五時間」

「それこそことだよ！」とマホルトは笑いながら大声で言った。「徒歩旅行なんて今の君には話にならん。ほかに便がなかったら、ぼくといっしょに馬車で行こう。ひとつ村長のところに使いを出そう。村長はたぶんくだものかジャガイモを積んで町へ行くだろう。この際、一日二日は問題じゃない」

　客はそれに従った。あす村長の作男が子牛を二頭つれてゲルバースアウに行くことがわかると、クヌルプも同乗することにきめられた。

「もっとあたたかい上着がいりはしないかな」とマホルトは言った。「ぼくのが着られるかい？　それとも大きすぎるかい？」

　クヌルプはさからわなかった。上着が持ってこられた。着てみると、よく合った。上着はよい生地《きじ》で、いたんでいなかったので、クヌルプは昔ながらの子どもらしい虚栄心からさっそくボタンをとりかえにかかった。ドクトルはおもしろがって、好きなようにさせ、カラーを一本そえてやった。

午後クヌルプはこっそり新しい服を着てみた。まだなかなかりっぱな風采《ふうさい》に見えたので、このところひげをそらずにいたのが残念に思われだした。家政婦にたのんでドクトルのかみそりを借りる気にはなれなかったが、村のかじ屋を知っていたので、そこであたってみることにした。

かじ屋はすぐ見つかった。クヌルプは仕事場にはいってゆき、昔ながらの職人口調で言った。「よそのかじ屋がまいりやした。ひとつかせがせていただきてえもんで」

親方は冷たくじろじろと相手の顔を見た。

「おめえはかじ屋じゃねえ」と彼はおちつきはらって言った。「だますんなら、よそに行ってやるがいい」

「ちがいない」と流浪者は笑った。「相変わらずいい目だな、親方。だが、わしがだれだかお忘れだ。ほら、わしは昔音楽をやった男だよ。あんたはハイターバハでわしのアコーディオンに合わせて土曜日の晩よく踊ったじゃないか」

かじ屋はまゆを寄せ、やすりをなお二、三度ごしごしやってから、クヌルプを明るいところへ連れてゆき、しげしげと見つめた。

「うん、わかったよ」と彼はちょっと笑った。「おまえさんクヌルプだな。こんなに長く会わないと、年をとるもんだな。ブーラハに何の用だい？　十ペニヒ玉かリンゴ酒一杯ならぞうさはないよ」

「そりゃご親切なことだ、親方。いただいたことにしておこう。だが、願いはほかにある。かみそりを十五分ほど貸してもらえまいか。今晩ダンスに行きたいというわけさ」

親方は人さし指で相手をおどした。

「おまえさんは相変わらずうそつきだな。ダンスなんかたいしたことと思っちゃいないんだろう。そう顔に書いてある」

クヌルプは悦に入ってくすりと笑った。

「なんでも気がつくな！　役人にならなかったのが惜しいよ。じつを言うと、わしはあす病院にはいらなきゃならない。例のマホルトに送りこまれるのさ。それでおわかりのとおり、毛むくじゃらなクマのような格好ではいりたくないからね。かみそりを貸しなさいよ、半時間したら返す」

「そうかい。それでどこへ持ってゆくのだい？」

「ドクトルのところにさ。あすこに泊っているんだ。ね、貸してくれるね？」

かじ屋にはあまり信用できないように思えた。相変わらず疑っていた。

「貸すことは貸すさ。だが、ね、あたりまえのかみそりじゃないんだぜ。本物のゾーリンゲンの中くぼみの刃ときているんだ。またお目にかかりたいんだよ」

「信用しなさいよ」

「よし、わかった。ところで、おまえさん、なかなかいい上着を着てるじゃないか。ひげをそるにそれはいるまい。ものは相談だ。そいつを脱いで、置いてゆきな。かみそりを持ってきたら、上着も返してやる」

流浪者は顔をしかめた。

「じゃ、いいよ。おまえさんは特別気まえがいいわけじゃないからな。だが、どうでもいいや、おっしゃるとおりにしておこう」

そこでかじ屋はかみそりを持ってきた。クヌルプは上着をかたに渡したが、すすだらけのかじ屋がそれにさわるのが我慢ならなかった。半時間たつと、彼はもどってきて、ゾーリンゲンのかみそりを返した。もじゃもじゃしたあごひげがなくなって、見ちがえるようになっていた。

「それでナデシコの一本も耳のうしろにさせば、嫁取りにでも行ける」とかじ屋はすっかり感心して言った。

だが、クヌルプはもう冗談を言う気もなく、また上着を着て、簡単にお礼を言って、立ち去った。

帰ってくると、家の前でドクトルに出くわした。ドクトルはびっくりして彼を引きとめた。

「いったいどこをうろついているのだね？　おや、見ちがえるね！――ははあ、ひげをあたったね。ほんとにきみは子どもみたいだな！」

しかし彼は憎からず思った。クヌルプはその晩も赤ブドウ酒を飲むことができた。ふたりの学校友だちは別れの宴を張った。どちらもせいぜい愉快にして、気詰りなようなところは気づかせまいとした。

翌朝早めに村長の作男が馬車でやって来た。格子《こうし》がこいの中に子牛が二頭のっていて、ひざを震わせ、ぎらぎらする目で冷たい朝の様子をじっと見つめていた。牧草地に初めて霜がおりていた。クヌルプは作男と並んで御者台にのせられ、ひざに毛布をあてがわれた。ドクトルは彼と握手をし、作男に半マルクやった。馬車はがらがらと動きだし、森の方に向かった。そのあいだ、作男はパイプに火をつけ、クヌルプは眠そうな目をぱちぱちさせて薄青い朝の冷気を見ていた。

しかしやがて日が出て、お昼にはあたたかくなった。御者台のふたりは話がはずんだ。ゲルバースアウに着くと、作男は子牛を積んだまま回り道をして、病院に乗りつけてやると言ったが、クヌルプはそうしないように、すぐに説きつけ、町の入り口で仲よく別れた。クヌルプは立ちどまって、馬車が家畜市場のカエデのかげに消えるまで見送った。

彼は微笑して、土地のものだけが知っている生けがきの道を進んでいった。庭にはさまれた道だった。彼はふたたび自由になった。病院の人はかってに待っているがよかった。

帰郷した男は、ふるさとの光と息吹《いぶ》きと、物音とにおいをもう一度味わい、ふるさとにいることの、心をそそり満ち足らすしみじみした思いを存分に味わった。家畜市場の農民や町の人の雑踏、茶色になったクリの木の太陽を吸いこんだ影、町の城壁に舞う生き残りの黒い秋のチョウのとむらいの飛行、四方に飛び散る広場の噴泉のひびき、酒だる匠の地下室へのアーチ形の入り口からただよってくるブドウ酒のにおいと木をたたくうつろな音、せつなく群がる思い出が一つ一つに重くまつわっている、聞き慣れた小路《こうじ》の名など。——故郷を失った男は、家郷にあることの、知りなじんでいることの、おぼえていることの、友だちであることの複雑な魅力を、町かどごとに、ふち石ごとに、五官をあげてすすりこんだ。ぶらぶらと疲れを知らず、午後いっぱい小路を残らず歩いて、川っぷちで刃物とぎ屋に耳をすまし、仕事場の窓越しにろくろ細工師をながめ、新しく塗られた看板になじみ深い家の古い名を読んだ。広場の噴泉の石の水槽《すいそう》に手をひたし、下手《しもて》の小さい修道院長の噴泉でやっと渇《かつ》をいやした。それは、流れ去った幾歳月の昔と同じように相変わらず神秘的に、非常に古い家の土間に噴き出し、そのへやの不思議な明るさの薄明りの中を石だたみのあいだを縫ってさらさらと流れていた。彼は長いこと川べにたたずみ、流れる水の上に乗り出すように木のらんかんにもたれた。水中では黒い水草が長い髪のように揺れ、魚の細い背が震える小石の上に黒く動かずにいた。彼は古い板の小橋を渡り、まん中へんでひざを曲げてからだをかがめ、少年時代にしたように、小さい橋の微妙な、生き物のように弾力のある反動を感じてみようとした。

彼は急ぐともなく歩きつづけた。何ひとつ忘れていなかった。小さい芝生に囲まれた教会のボダイ樹も、昔彼が好んで泳ぎに行った上手《かみて》の水車場のせきも忘れていなかった。以前彼の父が住んでいた小さい家の前に立ちどまり、しばししみじみとした気持ちで古い玄関の戸に背中をよせかけた。庭にも行ってみた。そっけなく新しく張りめぐらされた針金のかきね越しに、新しく作られた植込みをのぞきこんだ。――しかし、雨の水に洗われて、かどのとれた石の階段と、戸のそばにある丸い肉太な、マルメロの木とは、まだ昔のままだった。クヌルプはラテン語学校を追い出される前、ここでいちばん楽しい日をすごした。ここでかつて彼は、満ちあふれる幸福を、願望の完全な実現を、苦味の伴わない楽しさを味わったのだった。サクランボを心ゆくまで盗んで食べた夏、いとしいニオイアラセイトウや、陽気なヒルガオや、こってりとしてビロードのような三色スミレなど、自分の花をはぐくみ愛《め》でた、だが今は消え去った、たまゆらの庭作りの幸福、カイウサギの小屋、仕事場、たこ作り、ニワトコのしんの筒で作った水道、木《こ》っぱの水かきを糸巻きにつけた水車の輪など。――どの屋根にどのネコがいるか知らないことはなかった。どの庭でもその果実を食べてみなかったのはなかった。どの木でも、登ってみなかったのはなかった。そのこずえに緑色の夢の巣を彼が営まなかった木はなかった。この一片の世界は彼のものであり、このうえなく深い親密さでなじみ愛したものであった。ここでは低木の一つ一つ、庭の生けがきの一つ一つが、彼にとって重大さを意味を歴史を持っていた。降る雨、降る雪のすべてが彼に話しかけた。ここでは、大気も土も彼の夢と願いの中に生き、それに答え、その命をともに呼吸した。今日でも、この周辺に住んでいる人や庭を持っている人たちのだれだって、彼以上にこれらすべてのものと深いつながりを持ち、彼以上にそれらを珍重し、それらから話しかけられ、答えられ、思い出を呼び起こされることはおそらくあるまい、と彼は考えた。

近くの屋根のあいだに、ひょろひょろした家の灰色の破風《はふ》が高く鋭く突き出ていた。そこに昔赤皮なめし屋のハージスが住んでいた。クヌルプの子ども時代の遊戯と少年の喜びが、少女との最初のひめごとや色ごとのうちに終わりを告げたのもそこだった。そこから彼は愛の喜びの芽ばえる予感を抱いて、薄暗い小路を家に帰った晩がよくあった。皮なめし匠の娘たちのおさげをほどいてやり、美しいフランチスカのキスによろめいたのも、そこだった。あとで晩にでも、あるいはあすにでも、そこへ行ってみようと思った。今はしかしその思い出にほとんど心を引かれなかった。もっと古い少年時代をほんの一時間回想するために、そういうものは束にしてみんな捨てても惜しくなかったろう。

一時間以上も彼は庭のかきねのそばにたたずんで、見おろした。彼の見たのは、若いイチゴの茂みを残してもうすっかり裸になり、秋らしく見える眼前の新しい見なれぬ庭ではなかった。彼の見たのは、父の庭だった。小さい花壇の中に彼が子どものとき植えた花、復活祭の日曜に植えたサクラソウやガラスのようなホウセンカ、それからいくどとなくつかまえたトカゲをはなしてやった小石の小さい山々などだった。トカゲが一匹もそこに住みついて彼の家畜になろうとしなかったのは、不運だったが、新しいのを連れてくるときは、そのつど新しい期待と希望にあふれるのだった。世界中の家や庭や花やトカゲや鳥をみんなもらったって、あのころ彼の小さい庭にのびて甘美な花びらをそっとつぼみの中からひろげた夏の花のただ一本の魅惑的な輝きに比べれば、取るに足らぬものであったろう。それからあのころのアカスグリの茂み！　その一つ一つを今でも彼はまだはっきり記憶にとどめていた。だが、それはなくなってしまっていた。それは永遠不滅ではなかった。だれかが引きちぎり、掘り返し、火にくべてしまった。木も根もしぼんだ葉もいっしょに焼かれてしまった。それを嘆いた人はひとりもいなかった。

そうだ、ここで彼はたびたびマホルトを相手にした。彼は今はドクトルに、紳士になり、一頭だての馬車で患者のところを飛びまわっている。たぶん昔に変わらず善良な正直な人間だろう。しかし、その彼とて、この利口ながっちりした男とて、あのころに比べれば、あのころの信心深く内気で胸をふくらませやすく愛情に富んでいた少年に比べれば、何だっただろう？　ここで昔クヌルプはマホルトに、ハエ取りのかごや、バッタを入れる木っぱの塔の作り方を教えてやった。彼はマホルトの先生であり、一段えらくて賢い、感嘆される友だちだった。

隣のニワトコの木は古くコケがついて枯れていた。別の庭の板小屋もくずれ落ちていた。そのあとにたとえ何を建てようと、すべてが昔あったように美しく、心を楽しませ、所を得たものになることはけっしてなかった。

薄暗く冷えびえとしてきてから、クヌルプは草におおわれた庭の道を去った。町の姿を変えてしまった新しい教会の塔から、新しい鐘が高らかにこちらに呼びかけた。

彼は赤皮なめし場の門を通ってそこの庭に忍びこんだ。仕事の済んだあとで、だれも見あたらなかった。音をたてないように、柔らかい皮なめし場の土を踏んで、ぽかっと口をあけている穴のそばを通り過ぎた。そこには皮が灰汁《あく》の中につけてあった。低いへいのところまで行くと、川がもう暗くコケむして緑色の石のふちを流れていた。そここそ彼がかつて夕べのひととき、素足を水にひたしながら、フランチスカといっしょにすわっていた所だった。

彼女が自分に待ちぼうけを食わさなかったら、万事ちがったことになっただろう、とクヌルプは考えた。ラテン語学校も勉強も怠けはしたが、それでも何かになるだけの力と意志は十分持っていたはずだ。なんと単純ではっきりした生活だったことだろう！　あのとき彼は捨てばちになって、何もかももう受けつけようとしなかった。世間もそれに調子を合わせ、彼に何の注文もつけなかった。彼は世間の外に立ち、のらくら者となり、傍観者となった。ぐあいのいい若いころは持てたが、病気になり年をとる身となっては、ひとりぼっちであった。

ひどい疲れに襲われて、彼は低いへいに腰をおろした。川が暗くざわめきながら彼のさまざまな思いの中に流れこんだ。そのとき、頭の上で窓が一つ明るくなった。

それで、もう遅い、こんなところで人に見つかってはならない、と注意を促された。彼は音もなく皮なめし場と門から忍び出て、上着のボタンをかけ、寝ることを考えた。金は持っていた。ドクトルがくれたのだった。ちょっと考えてから、ある安宿の中に姿を消した。「天使館」か「白鳥館」にだって行けただろう。そこに行けば、なじみもあり、友だちも見つかっただろう。だが、今はそんなことはどうでもよかった。

小さい町の中はずいぶん変わっていた。以前ならごくこまかいところまで心を引かれただろうが、こんどは、昔のものしか、見たいとも知りたいとも思わなかった。少したずねただけで、フランチスカはもう生きていないことを知ると、何もかも色あせてしまった。自分はただ彼女ゆえにここに来たのだと思われた。いや、ここの小路や庭のあいだをうろつきまわって、自分を知っている人たちから同情のこもった冗談を大きな声で話しかけられるのは、意味のないことだった。狭い郵便小路でひょっこり県庁の医者に出会って、ふと思いあたったのは、あちらの病院でもしまいには自分のいないのに気づいて、自分を追いかけてつかまえるかもしれない、ということだった。さっそく彼はパン屋で上等のパンを二つ買い、上着のポケットに詰めこんで、昼まえに町を出て急な山みちを登った。

するとと、高い上のほうの森のはずれで、道が最後に大きく曲がるところに、ほこりまみれの男が石の塊にこしかけて、長い柄《え》のハンマーで灰青色の貝殻《かいがら》石灰石を小さく打ち砕いていた。

クヌルプはその男をじっと見て、あいさつし、立ちどまった。

「こんにちは」とその男は言い、頭をあげもせず打ちつづけた。

「このお天気も長続きしないようだね」とクヌルプは気を引いてみた。

「かもしれないね」と石工はつぶやいて、ちょっと顔を起こした。明るい道に照りかえる真昼の光にまぶしそうだった。「どちらへお出かけかね？」

「ローマへ、法王さまをおがみに」とクヌルプは言った。「まだ遠いかしらね？」

「きょうのうちにはとても行きつけないね。あんたみたいにあっちこっちで道草を食い、ひとの仕事のじゃまをするんじゃ、一年かかったって行きつけっこないよ」

「そんなものかね。いや、急ぐわけじゃない、ありがたいことに。あんたは働きもんだね、アンドレス・シャイブレさん」

石工は片手を目の上にあてて、旅びとをしげしげと見た。

「じゃ、あんたはわしを知ってるんだね」と彼は慎重に言った。「わしもどうやらあんたを知ってるようだ。ただ名まえはどうも思い出せない」

「じゃ、カニ屋のじいさんにきいてごらんよ。わしたちが九〇年代にしょっちゅうみこしをすえていたのはどこだったか、とね。もっとも、あのじいさん、とても生きちゃいまいね」

「もうとっくに死んだよ。だが、やっとわかったよ、なあ、昔なじみ。おまえはクヌルプだ。まあちょっとこちらにすわれよ。まったくようこそだ」

クヌルプは腰をおろした。あまり急いで登ってきたので、息が苦しかった。今はじめて彼は、小さい町が谷間にどんなに美しいたたずまいをしているかを見た。青くきらきら光る川、赤茶色の屋根の波、そしてそのあいだに小さい緑の木の島があった。

「この山の上はいいなあ」と彼は息をつきながら言った。

「そうだよ。文句は言えないよ。ところで、おまえは？　昔はこんな山にかけあがるのは、楽なもんだったじゃないか。おそろしく、はあはあいってるね、クヌルプ。また故郷をたずねたのかい？」

「そうだよ、シャイブレ、これが見納めだろう」

「そりゃいったいどうして？」

「肺をすっかりやられちゃったからだ。何かいい方法はないかね？」

「もしおまえがくにずっといて、まじめに働き、妻子を持ち、毎晩きまった寝床に寝ていたら、たぶんおまえもこうはならなかっただろう。いや、それについてわしの意見は、おまえは昔から知っている。いまさらどうにもしようがない。そんなに悪いのかね？」

「それがわからないんだ。いや、もうわかっている。山を下ってゆくようなもんだ。毎日少しずつ早くなる。こうなると、ひとり身で、重荷になるものがないと、これまたまったくいいもんだ」

「そりゃ考えよう一つで、おまえのかってだ。だが、お気の毒だよ」

「それにはおよばない。一度は死ななきゃならない。石工にだってやってくる運命だ。そうだろう、昔なじみ、今おれたちはふたりでこうしてすわっているが、お互いに大きなことは言えないよ。昔はおまえだって別なことを考えていた。あのころは鉄道に勤めたがっていたじゃないか」

「なんだ、そんな古くさい話」

「ところで、子どもたちは達者かい？」

「達者だとも。ヤコプのやつはもうかせいでいるよ」

「そうかい。まったく月日のたつのは早いもんだ。さて少し歩くとするかな」

「急ぐことはない。こんなに久しぶりで会ったんだ！　クヌルプ、何かおまえの役にたつことができるんなら、言っとくれ。たんとは持ちあわせていないが、半マルクぐらいならあるだろう」

「自分で使うがいいよ、じいさん。いや、ありがとう」

彼はまだ何か言いたかったが、胸が苦しくなったので、黙ってしまった。石工は果実酒のびんからクヌルプにも飲ませてくれた。ふたりはしばらくのあいだ町を見おろした。水車用の水路に太陽が映って強くきらめいていた。石橋を一台の荷車がゆっくり渡っていった。せきの下では白いガチョウの群れがものうそうに泳いでいた。

「これで十分休めた。出かけなくちゃ」とクヌルプはまた切り出した。

石工はすわったまま考えこんで、頭を振った。

「なあ、おまえはそんなみじめな無宿者よりもっとましなものになれただろうに」と彼はゆっくり言った。「ほんとに気の毒なことだよ。なあ、クヌルプ、わしはたしかに信心家じゃないが、聖書に書いてあることは信じている。おまえもそれは考えておかなきゃいけないよ。責任を負わなきゃならないが、それがそうたやすくはゆくまいて。おまえは才能を持っていた。ほかの人たちよりまさった才能を持っていたのに、何にもなれなかった。こんなことを言ったからって、怒っちゃいけないよ」

するとクヌルプは微笑した。昔ながらの無邪気ないたずらっぽさのかすかなおもかげがその目にあらわれていた。彼は友だちの腕を親しげにたたいて立ちあがった。

「今にわかるさ、シャイブレ。神さまはたぶん、なぜおまえは区裁判所判事にならなかったのか、なんてわしにおききにはなるまい。たぶんただ、また来たかい、子どもみたいなやつだな、とおっしゃるだけだろう。そしてあの世で子どものおもりかなんか、楽な仕事をあてがってくださるだろう」

アンドレス・シャイブレは青と白の格子《こうし》模様のシャツの下で肩をすくめた。

「おまえとはまじめな話ができない。クヌルプが行くと、神さまは冗談しか言わない、とおまえは思ってるんだから」

「いや、そんなわけじゃない。だが、そんなことだってあるかもしれないじゃないか」

「そんな口はきくなよ！」

ふたりは手を取りあった。そのとき、石工は、こっそりズボンのポケットから引っぱり出しておいた小さい銀貨をクヌルプの手に押しこんだ。クヌルプはそれを受け入れ、拒みはしなかった。相手の喜びをそこなうまいとして。

彼はもう一度なつかしい故郷の谷を見わたし、かさねてアンドレス・シャイブレにうなずきかえすと、せきをしはじめたが、足を早め、まもなく上の森のかどを回って姿を消した。


二週間後、霧の冷たい幾日かにつづいて、遅咲きのツリガネソウや、気温がさがって熟すキイチゴに飾られた、日の射す日が幾日かあった後、急に冬がやって来た。きびしい霜がおり、そのあと三日め、外気がやわらぐと、重くせわしく雪が降りだした。

クヌルプはそのあいだじゅう歩きまわっていた。たえず故郷のまわりをあてどなくさまよい、ごく近くから、森の中に隠れて、石工のシャイブレを見たことが二度もあったが、様子を見るだけで、かさねて呼びかけはしなかった。考えなければならないことがあまりにたくさんあった。長い骨の折れる無益な道を歩きつづけて、彼は、しつこいイバラのつるに巻きつかれるように、あやまった一生のもつれの中にいよいよ深くはまりこんで、なんの意味も慰めも見いだすことができなかった。それから病気が新たに彼を襲った。もう少しのところで彼はある日、いっさいの行きがかりを捨てて、やっぱりゲルバースアウにあらわれ、病院の戸をたたきそうになった。しかし、数日ひとりでいたあとで、町が眼下に横たわっているのをまた見ると、すべてがよそよそしく敵意をいだいているように、彼には受け取れた。自分はもうそこのものではないのだということが、はっきりした。ときどき彼は村で一きれのパンを買った。それにハシバミの実はまだたっぷりあった。夜は木こりの丸太小屋か、畑のわらたばのあいだですごした。

今彼は降りしきる雪の中をヴォルフスベルクから谷間の水車小屋へ向かってやっ

て来た。衰弱して疲れはてていたが、それでも歩きつづけていた。残り少ない余命を精いっぱい利用し、森のふちや林道をくまなく歩きつくさずにはおかないというふうだった。病気は重く、ひどく疲れてはいたが、彼の目や鼻は昔ながらの敏感さを失わずにいた。勘のいい猟犬のように目や鼻をきかせながら、もはや何の目標もなくなった今も、彼は、地面のくぼみであれ、風のそよぎであれ、動物の足跡であれ、ことごとくつきとめた。そこには彼の意志はもはやなく、足がひとりで歩いていた。

数日来ほとんどたえずそうだったが、今また彼は心の中で神さまの前に立ち、ひっきりなしに神さまと話していた。彼は恐れは少しもいだかなかった。神さまはわれわれにたいし何もしないことを、彼は知っていた。ふたりは、神さまとクヌルプは、互いに話しあった。彼の生涯《しょうがい》の無意味だったことについて。また、どうしたら彼の生涯が作り変えられ得ただろうか、ということについて。なぜあれやこれやがああなるよりほかなく、なぜ別なようにならなかったかということについて。

「あのころのことでした」とクヌルプは繰り返し言い張った。「私が十四歳で、フランチスカに捨てられたころのことです。あのときなら私はまだ何にでもなれたでしょう。でも、あれから私の何かがこわれてしまうか、台なしにされてしまいました。それ以来私はぜんぜん役にたたなくなりました。——ああ、なんということでしょう。まちがいと言えば、あなたが私を十四歳で死なせてしまわなかったということだけです！　死んでいたら、私の生涯は熟したリンゴのように美しく完全だったでしょう」

神さまはしかしたえず微笑していた。その顔はときどきすっかり吹雪の中に消えてしまった。

「ねえ、クヌルプ」と神さまはさとすように言った。「おまえの若かったころのことを、オーデンヴァルトの夏のことを、レヒシュテッテンにいたときのことを、思い出してごらん！　あのときおまえは小ジカのように踊りはしなかったかい？　美しい命がからだのふしぶしに震えるのを感じはしなかったかい？　娘たちの目に涙があふれるほど、おまえは歌を歌い、ハーモニカを吹くことができはしなかったかい？　バウアースヴィルですごした日曜日をまだおぼえているかい？　それからおまえの最初の恋人ヘンリエッテを？　そういうものがみな無に等しかったかい？」

クヌルプは考えこまずにはいられなかった。すると、彼の青春時代の喜びが、遠い山の火のように、おぼろに美しく輝き、ハチミツやブドウ酒のようにじっとりと甘くかおり、早春の夜のなまあたたかい風のように低い音でひびいた。ああ、それは美しかった。喜びも美しく、悲しみも美しかった。あの日の一日が欠けても、たまらなく惜しいことだろう！

「ああほんとに美しゅうございました」とクヌルプは神さまのことばを認めたが、疲れた子どものように、泣きたいようなさからいたいような気持ちでいっぱいだった。「あのころは美しゅうございました。もちろん、罪や悲しみももう宿っておりました。しかし、幸福な年月であったことは、まちがいありません。あのころ私がしたように、あのような杯を飲みほし、あのような踊りを踊り、あのような恋の夜を祝った人は、たぶん多くはいないでしょう。しかし、あのとき、あのとき、切りあげるべきだったたでしょう！　もうあすこに、幸福の中にとげがささっていたのです。まだよくおぼえています。あれからもう二度とあんな良い時は来ませんでした。いいえ、けっしてもう二度と！」

神さまは遠く吹雪の中に消えていた。クヌルプはちょっと立ちどまって、息をつき、小さい血の斑点《はんてん》をいくつか雪の中に吐いた。そのとき、神さまがふいにまたあらわれて、返事をした。

「どうだね、クヌルプ、おまえは少し恩知らずじゃないかい？　おまえが忘れっぽくなったのには、わたしは笑わずにはいられないよ！　わたしたちは、おまえがダンス場の王さまだったころを、おまえのヘンリエッテを思い出した。そしたら、おまえは、幸福で美しかった、楽しかった、意味があった、と認めずにはいられなかった。そんなふうにヘンリエッテのことを思い出すなら、リーザベトのことはどう考えようというのだい？　ほんとにおまえはあの子のことはすっかり忘れてしまえたというのかい？」

　また過去のひとくさりが遠い山なみのようにクヌルプの目の前にあらわれた。それはさっきのように手放しに楽しく陽気には見えなかったけれど、そのかわり、涙を流しながらほほえむ女のように、ずっとひそやかにしんみりとした光を放っていた。そして、長いあいだ思い出したことのなかった日や時が、墓の中からよみがえってきた。そのまん中に、リーザベトが美しい悲しい目をして、小さい男の子を抱いて立っていた。

「私はなんと悪いやつだったことでしょう！」と彼はまた嘆きはじめた。「ほんとに、リーザベトが死んでから、私も生きていてはならなかったのでしょう」

しかし神さまは彼が話しつづけるのを許さなかった。明るい目で見ぬくようにクヌルプを見つめて、ことばをつづけた。「おやめ、クヌルプ！　おまえはリーザベトをたいそう悲しませた。それに相違ない。だが、おまえもよく知っているとおり、あの子はおまえから悪いことより、やさしいこと美しいことをよけい受け取った。それで片時でもおまえを恨んだことはない。子どもみたいなやつだな、おまえは今でもまだ、そういうすべてのことの意味が何であったか、わからないのかい？　おまえがいたるところに子どもの愚かさと子どもの笑いを少しばかり持ちこんでゆくことができるためにこそ、のんき者に、流浪者《るろうしゃ》にならねばならなかったことが、わからないのかい？　いたるところで人々が少しばかりおまえを愛し、からかい、少しばかりおまえに感謝せずにはいられないようにするため、そのためだったことがわからないのかい？」

「せんじ詰めるとそのとおりです」とクヌルプはしばらく黙っていてから小さい声で認めた。「しかし、それもみな昔のことでした。あのころは私もまだ若かったのです！　なぜ私はあんなにたくさんのことから何ひとつ学ばなかったのでしょう？

まともな人間にならなかったのでしょう！　まだその時間はあったのに」

　雪がちょっとやんだ。クヌルプはまたちょっと休んで、帽子と服から厚い雪を払い落とそうとした。しかし、それができなかった。心がうつろになって疲れていた。今は神さまが彼のすぐ前に立っていた。その明るい目が大きく開かれて、太陽のようにかがやいた。

「さあ、もう満足するがいい」と神さまはさとした。「嘆いたとて何の役にたとう？　何ごとも良く正しく運ばれたことが、何ごとも別なようであってはならなかったことが、ほんとにわからないのかい？　ほんとにおまえはいまさら紳士や職人の親方になり、妻子を持ち、夕方には週刊誌でも読む身になりたいのかい？　そんな身になったって、おまえはすぐまた逃げ出して、森の中でキツネのそばに眠ったり、鳥のわなをかけたり、トカゲをならしたりするのじゃないだろうか」

　またクヌルプは歩きはじめた。疲労のためよろめいたが、そんな感じは少しも持たなかった。ずっと快い気分になって、神さまのおっしゃることのすべてにありがたくうなずいた。

「いいかい」と神さまは言った。「わたしが必要としたのは、あるがままのおまえにほかならないのだ。わたしの名においておまえはさすらった。そして定住している人々のもとに、少しばかり自由へのせつないあこがれを繰り返し持ちこまねばならなかった。わたしの名においておまえは愚かなまねをし、ひとに笑われた。だが、わたし自身がおまえの中で笑われ、愛されたのだ。おまえはほんとにわたしの子ども、わたしの兄弟、わたしの一片なのだ。わたしがおまえといっしょに体験しなかったようなものは何ひとつ、おまえは味わいもしなければ、苦しみもしなかったのだ」

「そうです」とクヌルプは言い、重い頭でうなずいた。「そうです、そのとおりです。ほんとうは私はいつもそれを知っていたのです」

彼は雪の中に横になって休んだ。疲れた手足がすっかり軽くなっていた。赤くなった目もほほえんでいた。

少し眠ろうとして目を閉じると、依然として神さまの声が話すのが聞こえた。彼は依然として神さまの明るい目を見ていた。

「じゃ、もう何も嘆くことはないね?」と神さまの声がたずねた。

「もう何もありません」とクヌルプはうなずき、はにかんで笑った。

「それで何もかもいいんだね？　何もかもあるべきとおりなのだね？」

「ええ」と彼はうなずいた。「何もかもあるべきとおりです」

神さまの声はだんだんかすかになり、あるときは母の声のように、あるときはヘンリエッテの声のように、あるときはリーザベトのやさしいおだやかな声のようにひびいた。

クヌルプがもう一度目を開いたとき、太陽が照っていて、ひどくまぶしかったので、彼はあわててまぶたをさげずにはいられなかった。雪が重く両手に積っているのを感じて、ふるい落とそうと思ったが、眠ろうとする意志が、心の中のほかのどんな意志よりも、もう強くなっていた。

解説

高橋健二

石川一（啄木《たくぼく》）の編集した『スバル』第一号に、ヘッセの『クヌルプ』の訳が『友』という題でのっている。明治四十二年（一九〇九年）一月一日発行である。茅《ち》野蕭々《のしょうしょう》の訳である。ヘッセの邦訳の最も古いものであろう。

もっとも、それは『クヌルプ』の全訳ではない。『クヌルプの生涯《しょうがい》の三つの物語』の第二の部分『クヌルプの思い出』だけが訳出されている。それもそのはずで、『クヌルプの思い出』は一九〇八年の『ノイエ・ルントシャウ』（新展望）にのったばかりであった。茅野蕭々はそれをさっそく『スバル』の創刊号にのせたわけである。クヌルプの他の部分はまだ発表されていなかった。ヘッセが雑誌に発表した『クヌルプの思い出』は、完成された今日のといくらか異なっている。三つの物語にまとめられた時、当然加筆されたからである。しかし、哀感のこもった流れるような叙情的な文体は三十一歳の初稿の時にすでにできあがっていた。

第一部『早春』は一九一三―一四年に、第三部『最期《さいご》』は一九一四年に、別な雑誌に発表された。したがって、いずれにしても、三つの部分が書かれたのは、第一次大戦前で、ヨーロッパ大陸が四十年以上も平和を保ち、ドイツが繁栄を楽しむことのできた古いよい時代であった。庶民の生活にも、のびやかなごやかなゆとりがあった。

しかし、『クヌルプ。クヌルプの生涯の三つの物語』（Knulp. Drei Geschichten aus dem Leben Knulps von Hermann Hesse）が本になってベルリンのフィッシャーから出た時は、もう第一次大戦が二年めを迎えた一九一五年で、血なまぐさい風が世界じゅうを吹きまくっていた。それでも、いや、それゆえにか、こののんびりした物語は戦火のなかで、戦火を越えて読まれつづけた。そして今日までヘッセの全作品のなかで『車輪の下』についで最も多くの版をかさねている。

クヌルプの最初の部分を書いたころ、ヘッセはライン河上流の農漁村で行雲流水を友として創作にしたがっていた。それまでを振り返ると、十五歳で神学校を逃げ出すようにしてやめ、十七歳で町工場の見習い工になり、十八歳で見習い書店員になり、二十二歳で処女詩集を出し、一九〇四年、二十七歳で『郷愁』（ペーター・カーメンチント）によって文名を高めると、九つ年上のマリア・ベルヌーイと結婚し、いなかに引っこんで創作に専念することにした。そして『車輪の下』（一九〇六年）、『春の嵐《あらし》』（ゲルトルート、一九一〇年）を出し、一九〇七年に『青春は美《うる》わし』を雑誌に発表した。その翌年『クヌルプの思い出』が発表されたわけである。それからヘッセは結婚生活という定住になずめなくなりはじめ、欧州文化そのものに懐疑的になって、家庭生活への倦怠《けんたい》とヨーロッパ疲れから、一九一一年にはインド旅行にのぼった。作家としての地位は安定し、三人の子どもはできたけれど、放浪の念やみがたいものがあったようである。アジアから帰ると、田園生活を打ち切って、スイスの首府ベルンの郊外に移り、芸術家の結婚生活の崩壊を『湖畔のアトリエ』（ロスハルデ、一九一四年）に描いた。ヘッセ自身の離婚を先取りした苦渋の作品である。

『クヌルプ』が書かれ出版されたのは、そういう内外の状況においてであった。いわば安定から危機への動揺の時期であった。しかし、『クヌルプ』は、それを直接反映するような夾雑物《きょうざつぶつ》や不協和音のない純粋な作品をなしている。小説らしい筋立てのまとまりを特にもってはいないが、散文詩のようなまとまりをもっている。

主人公クヌルプは、ヘッセの作品の例にもれず、アウトサイダー、はぐれものである。日のあたるコースをまっすぐに進み、手腕をふるって志をとげ、世にときめく得意の人ではない。定職も地位も富みも得ず、孤独の流浪《るろう》のうちに路傍に倒れる失意の人である。しかし、文学において、ひとの共感を呼ぶのは、得意の人ではなく、失意の人である。そこにより多く、おごらぬ、つつましい愛すべき人間が感じられるからである。

クヌルプは十三歳の時、フランチスカという年上の娘を恋した。娘が、高校生なんてたよりにならない、腕のある職人でなくちゃ、と言ったので、クヌルプはわれから高校を追い出された。しかし、フランチスカは他の機械工を愛した。クヌルプは、からかわれたに過ぎないことを知った。最初の恋人に裏切られてから、クヌルプは人間が信じられなくなり、ぐれてしまい、まともな人間にならなかった。さだめない旅の職人にしかならなかった。が、行くさきざきで、農民たちに話を聞かせ、子どもたちに影絵を見せ、娘たちに歌を歌って聞かせた。みんなクヌルプに宿をかし、ごちそうをし、親しくするのを喜びとした。彼はみんなの間に一脈の明るさとくつろぎと楽しさをもたらした。それは子どもの笑いとおろかさにすぎないとしても、せわしない現実にとっては貴重なものであった。

クヌルプは生活力のある親方にはならなかったが、いわば人生の芸術家になった。それでよかったのである。そういう人間も、神は必要とされるのである。最後にクヌルプが雪のなかに倒れ、うつらうつらしながら神さまとかわす対話はこのうえなく美しい。クヌルプは彼らしく生きた。そこに意義があった。神さまからそう言われて、クヌルプは安心して目を閉じる。クヌルプは彼自身となったのである。その点で、ひょうひょうとして屈託のない『クヌルプ』は、息ぐるしく問題的なつぎの作品『デミアン』とまるで異なっているようで、相通じるものをもっている。そこでは「おまえ自身のあるところのものになれ」ということが、究極のテーマになっている。帰するところ、それがヘッセの文学のテーマである。

『車輪の下』も、ひたむきな少年の追いつめられた息ぐるしさを描いている点で『クヌルプ』と異なっているが、自分になろうとして、道を見失い、かろうじて見習い工になったものの、年上の娘の気まぐれな誘いにせつない幻滅をなめて、自滅する主人公の運命には、クヌルプに通じるものがある。ヘッセがあの時しばらくでも職人の生活に触れたことが、『クヌルプ』を書かせた契機になっている。『車輪の下』や『デミアン』で、ヘッセは切実な体験や問題と直接むきになって取り組んでいるのに対し、『クヌルプ』では、距離をおいて、じっと生活をながめ味わっている。それによって、最もヘッセらしい作品ができたのである。

（一九七〇年三月）

Title : KNULP
Author : Hermann Hesse

クヌルプ

新潮文庫　へ - 1 - 5

昭和四十五年十一月二十五日　発行
平成二十五年四月十日　三十六刷改版
令和七年十月五日　三十九刷

訳者　高《たか》橋《はし》健《けん》二《じ》

発行者　佐藤隆信

発行所　株式会社新潮社

郵便番号　一六二―八七一一
東京都新宿区矢来町七一
電話　編集部(〇三)三二六六―五四四〇
読者係(〇三)三二六六―五一一一
https://www.shinchosha.co.jp

価格はカバーに表示してあります。

乱丁・落丁本は、ご面倒ですが小社読者係宛ご送付ください。送料小社負担にてお取替えいたします。

印刷・株式会社光邦　製本・株式会社大進堂

ISBN978-4-10-200105-9 C0197